KB209341

나의
숲으로

초판 인쇄 2024년 12월 20일
초판 발행 2024년 12월 25일

글쓴이 최부순
그린이 이로우
펴낸이 이재현
펴낸곳 리틀씨앤톡
출판등록 제 2022-000106호(2022년 9월 23일)

주소 경기도 파주시 문발로 405 제2출판단지 활자마을
전화 02-338-0092
팩스 02-338-0097
홈페이지 www.seentalk.co.kr
E-mail seentalk@naver.com
ISBN 979-11-94382-07-2 73810

ⓒ2024, 최부순, 이로우

• 이 도서는 2024년 문화체육관광부의 '중소출판사 성장부문 제작 지원' 사업의 지원을 받아 제작되었습니다.
• 저작권법에 의하여 한국 내에서 보호를 받는 저작물이므로 무단전재 및 복제를 금합니다.
• KC마크는 이 제품이 공통안전기준에 적합하였음을 의미합니다.

모델명 | 나의 숲으로	**제조년월** | 2024. 12. 25.	**제조자명** | 리틀씨앤톡	**제조국명** | 대한민국	
주소 | 경기도 파주시 문발로 405 제2출판단지 활자마을	**전화번호** | 02-338-0092	**사용연령** | 7세 이상		

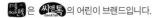

은 씨앤톡의 어린이 브랜드입니다.

나의 숲으로

최부순 글 · 이로우 그림

리틀
씨앤톡

🌿 차례 🌿

숲속 기중기

탁, 탁, 따르딱딱.

딱따구리가 낮은 가지에 앉아 연보라 꽃잎이 활짝 핀 오동나무를 쪼고 있었다. 무화과나무에 앉은 오랑우탄 도라는 심심하던 차에 딱따구리가 하는 행동을 흉내 내 보았다. 딱따구리의 부리처럼 돌멩이를 입에 물고 무화과나무를 툭툭 찧었다.

"도라야!"

도라의 단짝 친구 루디였다.

"루디야! 두리안 찾았어?"

"아니, 저번에 먹었던 두리안도 망고도 다 없어. 예전에 우리가 나무 그네를 타며 놀던 곳도 다 없어졌던데. 강 건너편 숲이 점점 사라지고 있는 것 같아. 뾰족한 나무등치 사이로 바닥에 흙만 보여. 이상해!"

루디가 고개를 갸웃하며 말했다.

꼬르륵!

그때 루디의 배에서 천둥 치는 소리가 들렸다.

"너 배고프구나!"

도라는 미리 따 놓은 무화과 열매를 루디와 나눠 먹었다. 도라가 제일 좋아하는 망고는 아니었지만 루디와 같이 먹으니 제법 먹을 만했다.

도라와 루디는 나무를 타며 신나게 놀았다.

"루디야, 내가 신기한 것을 발견했어. 저기 노란색 탑 보이지? 기중기라고 하는데, 저 위에 올라가면 어디까지 보일지 궁금하지 않니? 우리 같이 가 볼래?"

도라는 손가락 끝으로 기중기를 가리키며 말했다. 기중기 위에 초록색 담쟁이덩굴 잎들이 감겨 있었다. 기중기 아래에는 나무의 밑동만 듬성듬성 있고 그 사이로 하얀 연기가 피어올랐다. 도라는 숲에 있는 어떤 나무보다도 높아 보이는 기중기 위에 꼭 가 보고 싶었다.

"저걸 기중기라고 불러?"

"응, 아빠가 알려 줬어. 아빠가 강 건너편 숲에 열매
를 찾으러 갔다가 사람들이 하는 말을 들었대."

"우와! 진짜 높다. 무화과나무보다도 더 높은 것 같
은데? 저기 올라가면 두리안 열매가 열린 곳도

한눈에 보일 것 같아!"

　루디는 신기한 듯 연신 탄성을 질렀다.

　도라와 루디는 이른 새벽에 다시 만나 기중기에 가기로

약속했다. 엄마 몰래 다녀와야 하기 때문이다.

도라는 다음 날 아침 일찍 눈을 떴다. 엄마는 아직 깊이 잠들어 있는 듯했다. 엄마 몰래 루디와 기중기에 가려고 살금살금 나무 아래로 내려왔다. 세찬 바람에 나뭇잎들이 부딪치는 소리가 들렸다.

"도라야, 지금 바람이 세게 부는데 기중기에 올라가는 건 위험하지 않을까?"

루디가 걱정스러운 듯 도라를 쳐다봤다.

"엄마가 그러는데, 사람들이 만든 기중기는 나무보다 훨씬 튼튼하다고 했어. 너 안 가면 나 혼자라도 갈 거야."

사실 엄마는 사람들이 만든 기중기에 가지 말라고 했었다. 바람에 잘 흔들리고 쉽게 무너질 수 있다고 했다. 하지만 엄마는 원래 걱정이 많다. 예전에도 혼자 나무 아래 내려가면 왕비단뱀과 구름표범을 만날 수 있으니 내려가지 말라고 했었다. 하지만 엄마가 한 말은 다 틀렸다.

도라는 엄마 몰래 나무 아래로 내려가서 논 적이 많았지만 왕비단뱀이나 구름표범을 만난 적이 한 번도 없었다.

루디의 눈동자가 살짝 흔들렸다. 이때다 싶어서 도라는 앞장서서 걸었다. 몇 걸음 걷는데 뒤에서 발자국 소리가 들렸다. 루디가 따라오는 듯했다. 그러자 도라는 나무 위로 올라가 더 빠르게 움직였다. 엄마가 일어나기 전에 돌아와야 했다. 옅은 달빛 아래 나무줄기를 잡고 나무 사이를 획획 건너갔다. 얼마쯤 갔을까? 노란색이 선명하게 보이기 시작했다. 도라는 나무 꼭대기로 잽싸게 올라갔다.

"루디야, 저거야. 멋있지?"

노란색 기중기가 보이자 도라의 가슴이 설렜다.

"진짜 높다. 저 꼭대기에 올라가면 어디까지 보일까?"

도라는 기중기가 점점 가까워지자 뛰기 시작했다. 공기를 가르는 세찬 바람에 보송보송한 오렌지색 짧은 털이 휘날렸다. 저 꼭대기에서 바라보는 세상은 얼마나 멋질까? 심장이 두근거렸다.

기중기 근처에서 사람들이 움직이는 게 보였다. 주변에 마구잡이로 베어진 나무둥치들도 보였다. 상관없었다. 도라와 루디는 사람들의 눈을 피해 기중기로 다가갔다.

"와, 가까이에서 보니깐 생각보다 훨씬 높다. 루디야! 내가 먼저 올라간다."

신이 난 도라는 기중기의 기둥을 바라봤다. 땅 위에 곧게 뻗은 기둥을 잡았다. 나무와는 감촉이 전혀 달랐다. 매끈한 데다 차갑고 물기가 묻어 있어서 조금 미끄러웠다. 바람 때문인지 기중기 기둥이 흔들렸다. 하지만 멈추지 않고 한 칸 한 칸 올라갔다. 도라의 뒤를 이어 루디도 올라갔다.

"우와! 진짜 넓다."

힘겹게 기중기 위로 올라간 도라는 감탄했다. 끝없이 펼쳐진 녹색 물결이 바람과 함께 일렁였다. 높이 솟은 나무들은 무성한 잎사귀로 가득했다. 어디선가 새들의 노랫소리가 울려 퍼졌다. 밀림 속 세상은 정말 드넓고 아름다웠다.

구름 속에 잠긴 지평선에서 해가 떠오르기 시작했다. 그런데 그 순간 바람이 더 강해졌다. 기중기가 흔들리는 것 같았다.

"도라야, 바람이 점점 세지고 있어. 이제 내려가야 하지

않을까?"

루디가 무서운지 다리를 부들부들 떨면서 말했다.

"이 정도 바람은 괜찮아. 나무 위에 있을 때도 종종 있는 일인데 뭘 그래. 루디야, 무화과나무 위라고 생각하면 하나도 무섭지 않아."

도라는 주변을 두리번거렸다. 기중기에 감긴 초록색 나무줄기가 보였다. 기다랗게 늘어진 나무줄기도 있었다. 도라는 기다란 나무줄기를 끌어와 자신과 루디의 허리에 묶었다.

"제법인데."

이제야 안심이 되는 듯 루디의 입가에 미소가 번졌다.

"루디야, 바람을 느껴 봐. 어때? 여기에 올라오지 않았다면 우리가 이렇게 아름다운 대자연 속에서 살고 있다는 것도 몰랐을 거야."

도라는 멈춰 선 채 양팔을 넓게 벌렸다. 눈을 감고 심호흡을 했다. 바람에 나뭇잎이 부딪치는 소리, 강가에서 물이 흐르는 소리가 들렸다. 시원하고 상쾌했다.

"도라야, 무슨 생각을 그렇게 해? 더 가 보자. 네가 앞장서."

"응? ……그래."

기중기 위는 둘이 나란히 걷기에는 좁았다. 도라가 중심을 잡고 앞으로 천천히 걷기 시작했다. 가로로 길게 뻗은 기중기 끝까지 가는 건 너무 멀었다. 몇 걸음 가다 멈춰 섰다.

그때였다. 멀리서 하얀 연기가 보였다. 그 사이로 어렴풋하게 작은 불꽃이 일어나는 것 같았다. 바람이 더해지자 연기가 자욱하게 피어올랐다.

"루디야! 저기 하얀 건 뭐야?"

아래쪽을 내려다보니 사람들이 정신없이 왔다 갔다 하는 모습이 보였다. 잠시 후 사람들이 급하게 흩어지더니 더 이상 보이지 않았다.

"불이 난 것 같아. 어떻게 해. 너무 무서워!"

겁에 질린 루디는 온몸을 바들바들 떨며 울었다. 도라도 무서웠다. 얼마 지나지 않아 하얀 연기가 바람을 타고 스멀 스멀 기중기 위까지 올라오기 시작했다. 희뿌연 연기에 눈이 자꾸 따끔거렸다. 숨 쉬기도 답답해 연신 기침이 났다.

그뿐만이 아니었다. 순식간에 붉게 치솟은 불길이 기중기 주변의 나무를 집어삼키고 있었다. 도라와 루디를 묶은 나무줄기도 밑에서부터 불에 타고 있었다.

깜짝 놀란 도라는 줄기를 풀려고 했다. 하지만 급한 마음에 손이 잘 움직여지지 않아 매듭을 풀지 못했다. 도라는 입으로 끊어 보려 했지만 쉽지 않았다. 그래서 줄기를 양손으로 비틀어 힘껏 잡아당겼는데 그 바람에 루디가 기중기 아래로 떨어지면서 도라까지 끌려갔다.

"앗!"

도라가 긴 팔로 기중기를 잡고 간신히 매달렸다. 허리에 묶은 나무줄기에 의존한 루디는 기중기 아래쪽에 대롱대롱 매달렸다.

"도라야, 절대 손 놓으면 안 돼. 무서워!"

루디가 울면서 말했다. 도라의 심장이 쿵 내려앉았다. 루

디의 무게까지 버티려니 팔에 힘이 점점 빠지고 있었다. 힐 끔 기중기 아래를 내려다봤다. 너무 무서워 눈을 질끈 감았다. 기중기를 움켜쥐고 있는 손에서 피가 났다. 더 이상 버틸 수 없을 것 같았다.

그때였다.

"도라야, 도라야! 엄마다. 절대 손 놓으면 안 돼. 조금만 참아."

기중기 아래서 엄마의 울부짖는 소리가 들렸다. 오랑우탄들 사이에 엄마와 루디 엄마가 발을 동동거리는 모습이 작게 보였다.

"도라야, 도라야! 아빠다."

엄마 목소리에 이어 낮고 굵직한 아빠의 목소리가 가까이에서 들렸다. 어느새 아빠는 기중기 위로 오르고 있었다. 얼굴의 목 주머니가 크고 넓적한 아빠는 숲의 대장이다. 오랑우탄 중 덩치도 제일 크다.

아빠를 본 도라는 놀랐던 마음이 가라앉았다. 도라는 성큼 다가선 아빠의 손을 잡고 올라가 끌어안았다. 아빠는 루디를 매단 끈이 끊어지지 않게 살살 당겨 기중기 위로 올렸다. 도라와 루디는 아빠의 목에 매달렸다. 숲이 타는 냄새와 자욱한 연기에 눈이 매웠다. 아빠는 나무 아래로 내려가듯 기중기 기둥을 잡으며 성큼성큼 내려갔다. 바닥에 발이 닿자 쿵쾅거리며 뛰었다.

쿵! 쿵! 아빠의 힘찬 발걸음에 땅이 흔들리는 듯했다. 그럴수록 도라는 팔에 힘을 주며 아빠한테 매달렸다. 아빠가 가는 길마다 바작바작 타오르는 불길에 나무들이 쓰러졌다. 아빠는 나무들 사이를 피해 가며 뛰었다. 시뻘건 불길이 아빠를 집어삼킬 듯했다. 도라는 눈을 질끈 감았지만, 뜨거운 불길에 몸이 타는 것 같았다.

그렇게 얼마를 뛰었을까. 아빠는 도라와 루디를 바닥에 내려놓았다. 그리고 말했다.

"도라야, 정신 차려. 아빠가 저 큰 나무를 쓰러뜨리면 불길이 번지는 것을 늦출 수 있을 것 같으니, 반대편으로 도망가거라.”

도라는 아빠의 강직한 눈빛에 눈을 동그랗게 떴다. 그러
는 순간 불에 탄 나무들이 툭툭 쓰러지며 도라와 루디, 아
빠를 덮치려고 했다. 그러자 아빠는 자신보다 몇 배나 큰
나무를 양손으로 힘껏 밀어냈다.

뿌지직! 쿵!

큰 나무가 바닥에 쓰러지면서 불길이 잦아들었다.

“어서 저쪽으로 뛰어!”

아빠의 고함에 도라와 루디는 반대편으로 뛰었다. 엄마
는 루디 엄마와 함께 달려오고 있었다.

“엄마, 너무 무서워.”

엄마 품에 안긴 도라는 훌쩍였다. 주변을 살펴보니 어느
새 루디를 품에 안은 루디 엄마가 저 멀리 뛰어가고 있었
다. 아빠가 타닥타닥 타오르는 불길을 헤치며 도라를 향해
뛰어왔다.

“아빠! 더 빨리요. 이쪽으로 오세요.”

그런데 그때 커다란 나무 하나가 뿌지직 소리를 내며 쓰러지더니 아빠의 뒤를 덮쳤다. 도라는 엄마 품에서 빠져나와 아빠한테 뛰어갔다. 쓰러진 아빠의 긴 팔을 엄마와 함께 힘껏 잡아당겼다. 그러나 아빠의 축 처진 팔과 몸은 아무런 움직임도 없었다.

"아빠!"

도라는 다시 힘껏 소리를 질렀다. 숨소리를 느끼려 작은 손으로 아빠의 얼굴을 어루만져 보았다. 갑자기 시뻘건 그림자가 으르렁거리며 집어삼킬 듯 다가왔다. 엄마는 울고 있는 도라를 부둥켜안고 매캐한 연기가 가득한 숲속을 빠져나갔다.

팜유 나무

엄마는 거친 숨소리를 내며 전속력을 다해 뛰었다. 그런 엄마 품에 안긴 도라의 눈에 흔들리는 하늘이 보였다. 그 때문인지 어지럽고 속이 매스꺼웠다. 품에서 벗어나려 이리저리 몸부림쳤다. 그럴수록 엄마는 도라를 더욱 힘껏 안았다.

세차게 요동치는 엄마의 심장 소리만큼 도라의 가슴도 뛰었다. 엄마는 여전히 아무 말 없이 뛰기만 했다. 소리 없이 울고 있는 엄마의 눈물 때문에 도라의 머리가 점점 축축

해졌다.

얼마쯤 갔을까. 뜨거웠던 열기도, 퀴퀴했던 냄새도 나지 않았다. 가던 길을 멈춰 선 엄마는 숨을 몰아쉬었다.

"아빠는? 아빠는?"

도라는 엄마의 얼굴을 쳐다봤다. 엄마의 얼굴은 눈물로 얼룩져 있었다.

"……."

엄마는 짙게 먹구름이 낀 하늘만 바라봤다.

"내가 기중기에 가지만 않았더라도……."

다시는 아빠를 볼 수 없다는 생각이 들자, 가슴이 먹먹했다.

"도라야, 이건 너 때문이 아니야. 숲에 불을 지른 사람들 때문이지. 아빠는…… 저 하늘 너머 나무가 많고 맛있는 열매도 많은 평화로운 숲, 그곳에 먼저 가서 우리를 기다리고 있을 거야."

엄마는 애써 눈물을 삼킨 뒤 울고 있는 도라를 안아 줬다.

도라의 머리에 제법 큰 빗방울이 떨어졌다. 엄마가 두툼한 손으로 흘러내리는 빗방울을 닦아 줬다. 한두 방울씩 내리던 비가 심한 바람과 함께 퍼붓기 시작했다. 엄마의 몸은 빗물로 축축하게 젖었다. 비를 피할 나무를 찾아야 했다. 하지만 이곳저곳을 살펴봐도 초록 잎이 가득했던 숲은 보이지 않았다. 도라는 잿더미로 변한 벌판을 보자 마음이 더 어지러웠다.

"이곳도 나무들이 우거진 숲이었을 텐데……."

주변을 두리번거리던 엄마도 안타까운 듯 긴 한숨을 쉬었다.

도라는 부러지고 휘어져 검게 그을린 나무뿌리와 나뭇가지를 쳐다봤다. 줄기와 껍질이 검게 타 어떤 나무였는지도 알 수 없었다. 그 사이로 드문드문 잡초만 보였다.

한참 시간이 지난 듯했다. 여전히 숲을 찾기는 어려웠다. 엄마의 숨소리가 점점 거칠어졌다. 도라는 엄마 품에서 빼꼼 고개를 내밀었다.

"엄마, 저기, 저기에 나무가 있어요."

횅한 벌판에 나무 한 그루가 있었다. 나뭇가지와 나뭇잎

이 많아 보이지는 않았지만 잠시 비를 피할 수는 있을 것

같았다. 도라가 먼저 나무 위로 올라갔다.

"어, 엄마, 엄마! 빨리 와 보세요. 저기 숲이 보여요."

도라는 호들갑스럽게 말했다. 빼곡한 나무들로 가득한

그곳은 마치 도라가 살던 숲 같아 보여 반가웠다. 그사이 잿빛 구름은 점점 사라졌다. 하늘이 온통 붉은 빛으로 짙게 물들고 있었다.

"오늘은 일단 이곳에서 지내고, 저쪽 숲으로 가자."

엄마는 얼굴을 찡그리며 힘없이 말했다. 몸 어딘가가 불편해 보였다. 나뭇가지를 잘라 잠자리를 마련하는 엄마의 손과 발에 피와 진물이 흐르고 있었다.

도라는 나뭇잎으로 엄마의 손과 발에 흐르는 피를 닦아 주다 화들짝 놀랐다. 오른쪽 손바닥의 상처가 깊었다. 엄마는 밤새 엎치락뒤치락 잠을 이루지 못하는 듯했다. 걱정이 되었지만, 몹시 지쳤던 터라 어느새 깊은 잠에 빠져들었다.

다음 날, 숲을 찾기 위해 발걸음이 빨라지기 시작했다. 얼마나 갔을까? 울퉁불퉁한 산이 아닌 평평한 땅을 한참 걸은 듯했다. 초록 잎이 무성한 곳이었다. 도라가 살던 숲에서는 보지 못한 나무들이 일렬로 늘어서 있었다.

이리저리 살펴봐도 모두가 똑같은 나무였다. 나무마다 붉은 열매가 다닥다닥 붙어 있었다. 허기졌던 배에서 꼬르륵 소리가 났다. 도라는 잽싸게 나무에 올라가 열매 하나를 땄다. 저절로 입안에 침이 고였다. 껍질을 깔 겨를도 없이 허겁지겁 열매를 먹었다.

"퉤."

맛이 이상했다. 손이고 입안이고 미끄덩거렸다. 다시 잎을 따서 먹다가 헛구역질이 났다. 엄마도 도라처럼 나무 열매를 먹다가 내던졌다. 오랑우탄이 먹을 수 있는 열매가 아니었다. 그러는 사이 어디선가 사람의 목소리가 들리는 듯했다. 엄마는 잽싸게 도라를 부둥켜안고 빼곡한 나무 뒤에 숨었다.

"엄마, 사람들이야."

"쉿!"

엄마는 긴 검지손가락으로 도라의 입을 막았다.

사람들은 수레를 끌고 왔다. 수레에서 끝이 뾰족하고 날카로워 보이는 긴 장대를 꺼내 들었다. 도라는 흠칫 놀랐다. 당장이라도 도라와 엄마를 공격할 것 같아 나무 뒤에 더 꼭꼭 숨었다. 사람들은 긴 장대로 나무에 매달린 붉은 열매 덩어리를 몇 번인가 툭툭 쳤다. 다닥다닥 붙어 있던 붉은 열매 덩어리가 바닥에 "쿵!" 하고 연이어 떨어졌다.

"팜유 열매가 튼실하게 열렸네."

"이곳 농장 주인은 좋겠어. 팜유 나무는 심기만 해도 열매가 이렇게 잘 열리니 말이야."

"그러게 말이야. 팜유 나무를 더 심는다고 반대편 숲까지 불을 질렀다는군!"

"이러다 숲이 점점 사라지는 거 아니야? 아휴, 다 땄으면 얼른 농장으로 돌아갑시다."

한참 동안 사람들은 열매를 따면서 수선스럽게 떠들었다. 그러더니 팜유 열매를 가득 담은 수레를 끌고 농장 쪽으로 가 버렸다. 사람들의 모습이 손톱만 하게 보일 정도로 멀어지자 도라는 배를 만지며 엄마한테 말했다. 아까부터 배가 뾰족한 것으로 콕콕 찌르는 것처럼 아팠다.

"엄마, 배가 아파."

"너무 굶어서 배가 아픈 느낌이 드는 거란다. 사람들이 있는 농장으로 가면 먹을 게 있을 거야. 엄마가 먹을 것을 구해 올 테니까, 이곳에 꼼짝하지 하지 말고 있어야 해."

깊은 한숨을 쉬던 엄마는 주위를 두리번거렸다. 주변에 떨어진 나뭇잎을 주워 도라의 머리와 몸에 얹었다. 엄마의 강렬한 눈빛에 도라는 힘없이 고개를 끄덕일 수밖에 없었다.

몇 발짝 앞에 있던 엄마가 살며시 앞으로 걸어갔다. 도라는 그런 엄마를 물끄러미 쳐다봤다. 엄마가 없는 사이 사람들이 오면 어쩌지? 숲을 불태우는 사람들의 모습이 떠올랐다. 불안했다. 시뻘건 불길 속에 아빠를 목 놓아 불렀던 순간이 생각났다. 도라는 고개를 세차게 흔들었다.

"엄마, 같이 가."

도라는 울면서 뛰어갔다. 하지만 얼마 가지 않아 바닥에 쓰러졌다. 하늘이 빙빙 돌았고 다리에는 힘이 하나도 없었다. 며칠째 제대로 된 끼니를 먹지 못해 온몸이 축 처졌다.

"도라야!"

놀란 엄마는 도라를 번쩍 들어 안았다. 힘이 없던 도라는 엄마 품에 안기자 불안했던 마음이 한결 가라앉았다. 떨어지지 않으려 안간힘을 쓰며 엄마 목을 끌어안았다.

엄마는 도라를 품에 안은 채 사람들이 있는 농장으로 갔다. 얼마쯤 갔을까, 낡은 헛간이 보였다. 슬금슬금 주변을 살핀 뒤 반쯤 열려 있는 헛간 문을 들여다봤다. 아무도 없었다.

헛간 안으로 들어갔더니 여기저기 기다란 장대와 바구니가 바닥에 널브러져 있었다. 저편에는 조금 전 보았던 붉은 팜유 열매가 놓여 있었다. 그리고 그 옆으로 탁자가 보였다. 얼핏 보니 탁자 위에 놓인 바구니에 노란 열매가 눈에 띄었다.

"엄마, 저거 망고지?"

도라는 제일 좋아하는 망고를 보자 눈이 휘둥그레졌다. 문

득 망고를 먹는 자신을 보며 웃던 아빠의 얼굴이 떠올랐다.

엄마는 재빠르게 탁자로 다가가더니 도라에게 망고를 줬
다. 도라는 허겁지겁 먹느라 정신이 없었다. 망고를 얼마나
먹었는지 제법 배가 불렀다.

"도라야, 이제 힘이 조금 나는 것 같지?"

"응. 엄마도 망고 먹어요."

바닥에는 노란 망고 껍질이 너저분했고 탁자 위에는 빈 바구니만 덩그러니 놓여 있었다. 아쉬운 듯 입맛을 다시던 엄마는 기다란 망고 씨를 주워 혀로 날름날름 핥았다.

"어! 엄마, 저기 망고가 많이 있어요."

도라는 탁자 밑에 있는 흰색 포대 자루를 발견했다. 끈으로 묶인 입구에 노란 망고 한 개가 삐죽 나와 있었다. 도라는 포대 자루를 풀었다. 세상에나! 노란 망고가 가득했다. 도라는 이렇게 많은 망고는 처음 봤다. 정말 기뻤다.

그런데 엄마한테 주려고 망고 하나를 집는 순간이었다. 갑자기 어디선가 웅성거리는 사람들의 말소리가 들렸다. 화들짝 놀란 엄마는 도라의 손을 잡더니 헛간 문을 박차고 날쌔게 빠져나왔다.

"엄마, 잠깐만, 망고 한 개만 더."

사람들 소리는 났지만, 모습이 보이지는 않았다.

"안 돼!"

엄마의 목소리는 단호했다. 잠깐이면 됐는데 아쉬웠다. 엄마 손에 이끌린 도라는 어쩔 수 없이 엄마와 함께 빠른 걸음으로 팜유 나무가 있는 곳으로 갔다. 도중에 계속 뒤를 돌아보며 헛간으로 가는 길을 머릿속에 저장했다.

팜유 나무는 모든 게 불편했다. 나무에 매달려 놀 수도 없었다. 도라가 매달려 놀았던 숲속 나무와는 전혀 달랐다. 루디는 어느 숲에서 지내고 있을까?

그러는 사이 푸르릅 하는 엄마의 코 고는 소리가 옅게 들렸다. 힘없는 엄마의 모습을 보자 코끝이 찡했다. 망고 씨만 먹으며 입맛을 다시던 모습이 떠올랐다. 엄마가 망고 몇 개만 먹으면 힘이 날 것 같았다. 엄마한테 망고를 가져다주고 싶었다.

도라는 가만가만 나무 아래로 내려가 헛간으로 갔다. 헛간 근처에 도착하자 사람들이 있을까 봐 겁이 나 가슴이 두근거렸다. 두리번거리며 조심스럽게 주변을 살폈다. 다행히 사람들은 보이지 않았다. 조금 전에 없었던 빈 수레가 헛간 문 앞에 놓여 있었다. 이것만 빼놓고는 조금 전과 달라진 게 없어 보였다.

반쯤 열려 있는 문 사이로 안을 들여다봤다. 탁자 밑에는 포대 자루가 그대로 있었다. 그런데 탁자 위 바구니에 망고가 조금 전보다 더 많이 올려져 있었다.

"와!"

도라는 눈이 휘둥그레졌다. 헛간 안으로 들어가다 멈칫한 뒤 다시 주변을 살펴봤다. 혹시 사람들이 어디서 지켜보고 있지는 않을까? 여전히 가슴이 두근거렸다. 머릿속으로 찬찬히 생각했다.

'얼른 들어가서 망고 두 개만 가지고 빨리 나오면 괜찮을 거야.'

도라는 헛간 안으로 들어갔다. 그런데 그때 갑자기 헛간 문이 닫혀 깜짝 놀라 뒤를 돌아봤다. 사람들 소리는 들리지 않는 걸 보니 바람 때문에 문이 닫힌 듯했다.

"휴."

깊은숨을 내뱉었다. 망고를 양쪽 손에 하나씩 집어 들었다. 그 순간 넓은 그물망이 도라를 덮쳤다. 도라는 겁이 나서 소리를 지르고 날뛰었다.

"끼익. 끼익. 엄마, 엄마."

도라는 목청껏 소리를 질렀다.

"오랑우탄 이놈이 망고를 먹은 게 맞았어."

"다섯 살 정도 된 새끼야."

"기다려 봐. 분명 어미도 근처에 있을 거야. 오랑우탄들은 여덟 살이 될 때까지 새끼를 끼고 살거든."

사람들이 도라를 보고 소란스럽게 말했다.

그때였다. 번개처럼 달려오는 엄마가 보였다. 엄마는 날카로운 이빨을 보이며 사람들을 위협했다. 사람들은 뒷걸음치며 한 걸음 물러났다. 그러자 엄마는 도라를 덮은 그물망을 잡아끌었다. 그물망은 아무리 애를 써도 벗겨지지 않았다. 상처가 아물지 않은 엄마의 손에서 피가 흘렀다.

잠시 후 펑 하는 소리와 함께 바늘이 날아왔다. 엄마의 몸에 여러 개의 바늘이 꽂혔다. 엄마는 정신을 차리려 애쓰며 머리를 좌우로 흔들었다. 하지만 다리에 힘이 풀린 듯 철퍼덕 앞으로 꼬꾸라졌다. 두 팔로 안간힘을 쓰며 그물망에 싸인 도라를 힘껏 껴안았다.

"도라야! 도라야……."

엄마의 눈에서 눈물이 하염없이 흘렀다.

사람들이 도라를 껴안고 있는 엄마의 팔을 힘겹게 풀었다. 정신을 잃은 엄마의 몸을 질질 끌더니 철망으로 된 상자에 넣었다. 그런 뒤 사람들은 철망 상자를 들고 가 버렸다.

"엄마! 엄마! 제발 엄마를 놔 줘."

도라는 울부짖었다.

새로운 만남

도라는 너무나도 생생한 꿈을 꾸었다.

숲의 한낮은 평화로웠다. 햇살은 나무들 사이에 비집고 내려와 땅을 덮고 있었다. 다른 나무에 뿌리를 내린 거대한 무화과나무가 숲의 중앙을 차지했다. 도라와 엄마는 나뭇잎이 무성한 나무 꼭대기에 앉아 있었다.

"도라야, 지금 앉은 이 나무는 열매도 많고 높아서 다른 동물들이 절대 올라올 수 없단다. 왕비단뱀과 구름표범도 얼씬할 수 없지. 그러니까 어디서 놀다 오더라도 꼭 이 나무로 와야 한다. 엄마는 항상 이곳에 있을 테니깐."

엄마는 도라의 머리를 쓰다 주다 말고 옆에 있는 덩굴을 꺾었다. 그런 뒤 무화과나무 줄기에 몇 번을 친친 감았다. 도라는 그 모습을 물끄러미 바라봤다.

"엄마와 나만이 알 수 있는 표시 같은 거네? 맞지, 엄마?"

"그럼! 그렇고 말고!"

엄마는 미소를 지었다. 도라는 엄마를 껴안으려 팔을 크게 벌렸다.

하지만 엄마는 도라 곁에 없었다. 허탈한 마음에 고개를 세차게 저었다. 돌멩이가 가득 든 것처럼 머리가 무거웠다. 울부짖으며 엄마를 불렀던 일이 또렷하게 떠올랐다.

엄마를 보낸 후 도라를 덮쳤던 그물망을 손으로 잡아당기고 입으로 물어뜯으려 했었다. 그럴수록 그물망은 도라의 몸을 더 조여왔다. 아프다고 소리를 지르면서 펄쩍펄쩍 뛰었다. 잠시 후 엉덩이가 따끔했었다. 무엇인가 쭈우욱 몸속으로 들어오는 느낌이 들었다. 곧이어 눈앞에 희뿌연 안

개가 낀 듯 초점이 흐려지다 기억을 잃었던 것 같다.

　이렇게 가만히 있을 수는 없었다. 철창을 흔들며 소리를 질렀다. 어떻게 해서든 엄마를 빨리 찾아야만 한다. 엄마가 말했던 큰 무화과나무만 찾으면 된다.

　"끼이익, 끼이익."

　엉덩이를 들고 팔딱팔딱 뛰었다. 그러나 발목에 감긴 쇠사슬 때문에 몸을 자유롭게 움직일 수가 없었다. 좁은 케이지 천장에 머리까지 부딪쳤다. 어지러웠다. 잠시 눈을 질끈 감았다 떴다. 천천히 주변을 살펴봤다. 헛간 안이었다. 망고를 담았던 자루는 보이지 않았다.

　철창 사이로 오른팔을 바깥으로 뺐다. 차디찬 철창을 더듬거리자 중앙에 자물쇠가 잡혔다. 이것만 떼면 나갈 수 있을 것 같았다. 자물쇠를 잡고 마구 흔들었다. 끄떡도 하지 않았다. 삐거덕거리는 소리만 공중에 퍼졌다.

　"안 돼. 그러면 더 아파."

　"……."

사람 목소리였다. 도라는 흠칫 놀라 내밀었던 팔을 철창
안으로 다시 집어넣었다. 뒷걸음치다 바닥에 철퍼덕 앉아
눈을 동그랗게 뜨고 쳐다봤다. 사람의 손은 크고 단단하다
고 했다. 그 손으로 오랑우탄을 잡아간다고 했다. 그런데
손이 아주 작았다. 얼굴도, 키도 작았다. 검은 눈동자가 반
짝반짝 빛나는 어린 소녀였다.

"안녕? 난 파티마라고 해. 배고프지?"

"……."

도라는 멀뚱멀뚱 쳐다봤다. 부드럽고 편안한 목소리였다. 밝고 맑은 눈으로 도라를 쳐다봤다. 망고를 주려다 멈칫했다. 철창 사이가 좁아 망고가 들어가지 않았다. 도라는 망고를 보자 입안에 침이 고였다. 배가 너무 고팠다.

파티마는 주머니를 뒤적거리더니 작은 칼을 꺼냈다. 망고를 잘라 철창 안으로 넣어 줬다. 몇 번 먹지도 않았는데 망고가 금세 없어졌다. 배가 더 고파졌다.

"안 되겠다. 잠깐 기다려 봐. 내가 자물쇠를 풀어 줄게."

파티마는 묶은 머리를 몇 번인가 만지작거렸다. 그러더니 가는 머리핀을 빼서 자물쇠의 구멍에 집어넣으려고 했다. 그런데 그때 크고 굵은 목소리가 들렸다. 파티마는 머리핀을 다시 머리에 꽂았다. 그 순간 한 남자가 들어왔다. 서로 대화하는 내용을 들으니 파티마의 아빠 같았다.

"파티마, 여기 있었구나! 한참을 찾았잖니. 이제 집에 들어가야지?"

남자가 파티마의 어깨를 감싸안았다.

"아빠! 혹시 망고를 가져간 범인이 오랑우탄이에요? 이 새끼 오랑우탄이 가져갔다고요?"

"요즘 오랑우탄들이 농장에 자주 나타나 농작물을 몰래 가져간다는 말은 들었단다. 숲이 점점 사라져 먹을 게 없어서 그렇다고 하더라. 그런데 우리 집 농작물까지 뺏길 줄은 몰랐지."

"그런데 어미 오랑우탄은 어디 있어요?"

"잡았는데 놓쳤어. 어찌나 영리한지 말이야. 분명 마취총을 맞아서 기절한 줄 알았는데, 그게 아니었어. 잠깐 한눈판 사이에 도망쳤단다."

도라는 깜짝 놀랐다. 엄마가 사람들 손에 잡혀간 줄만 알았는데! 정말 다행이었다. 코끝이 찡해져 왔다.

"엄마 없는 새끼 오랑우탄이 너무 불쌍해요. 게다가 케이지 안에 갇혀 있으니 얼마나 답답하겠어요. 풀어 주세요.

제발요."

파티마는 아빠의 팔을 잡고 졸랐다.

"안 돼. 오랑우탄은 영리해서 도망갈 수 있어. 그리고 갑자기 달려들면 위험해. 아빠는 팜 공장에 다녀올게. 수술비를 마련해야 엄마가 수술을 받고 빨리 나아서 우리랑 같이 살 수 있지. 얼른 집에 들어가 있어라."

"네. 걱정하지 말고 다녀오세요."

파티마는 고개를 주억거렸다.

남자가 나가고 얼마의 시간이 지나자 파티마가 헛간 창문을 기웃거렸다. 그러더니 도라를 보고 싱긋 웃었다.

"우리 아빠야. 이름은 시단."

이상했다. 파티마는 먹을 것을 주고 케이지에서 풀어 주려고 했다. 도라를 붙잡아 온 다른 사람들과는 달랐다.

어디선가 부스럭거리는 소리가 들리더니 파티마가 무언가를 도라 앞에 내려놓았다. 작은 바구니 안에 망고, 바나나, 우유병이 들어 있었다. 과일과 우유병을 보자 코와 입술이 저절로 실룩거렸다. 오른손을 철창 밖으로 내밀려다 말았다. 파티마가 묶은 머리를 계속 만지작거리고 있었다. 그러더니 얇은 머리핀을 하나 빼서 자물쇠 구멍에 넣었다.

"잠깐만! 기다려 봐. 저번에 아빠가 머리핀으로 자물쇠 푸는 걸 봤거든. 핀을 구멍 안에 넣어서 좌우로 돌리다 보면 맞물린다고 했어. 분명 열 수 있을 거야."

파티마가 자물쇠 구멍에 넣은 머리핀을 이리저리 움직였다. 생각보다 쉽게 열리지 않는지 여러 번 옅은 한숨을 쉬었다. 천천히 좌우로 돌리는가 싶더니 찰칵하는 소리가 들렸다. 파티마는 풀린 자물쇠를 바닥에 내던지고 문을 열었다.

"와! 됐다. 이리 나와."

도라는 머뭇거리다가 천천히 케이지 밖으로 나왔다. 그러고는 바닥에 놓인 우유병을 들어 벌컥벌컥 마셨다.

"우우우웃."

도라도 모르게 기분이 좋아서 윗입술을 들어 올렸다. 그것도 잠시 엄마 생각에 입술을 삐죽거렸다.

"맛없어? 우리 엄마가 오랑우탄은 우유를 좋아한다고 그

랬는데. 어! 그런데 발에서 피가 많이 나는데?"

파티마가 갑작스럽게 팔을 벌리며 도라한테 훅! 다가섰다.

"끽끽, 끼이익."

도라는 깜짝 놀랐다. 친절한 척 먹을 것을 주더니, 결국 잡아가려고 한 모양이다. 무서웠다. 다가선 파티마의 팔을 물려고 입을 크게 벌렸다. 그러는 순간 파티마가 도라를 세차게 밀쳤다.

도라가 바닥에 쿵! 넘어졌다. 발목에 채워진 쇠줄이 점점 더 조여왔다. 너무 고통스러워 소리를 지를 수도 없었다. 발바닥에 난 상처에서 피가 점점 더 많이 났다. 어디서 이렇게 심하게 다쳤는지는 기억나지 않았다. 일어설 힘도 없었다.

도라 앞에 있는 파티마의 모습이 점점 희미하게 보였다. 어디선가 들려오는 목소리에 귀를 기울인 채 가만히 누워 있었다.

"파티마! 파티마! 무슨 일이야."

"아빠, 어떻게 해요? 오랑우탄이 발을 많이 다쳤는데……."

"파티마! 괜찮니? 어디 보자?"

"아니! 아니! 저는 괜찮아요. 새끼 오랑우탄이 다쳤어요."

파티마가 도라를 보며 울며불며 말했다.

"음……, 조금 찢어져서 그렇지, 상처만 치료하면 괜찮을 거야. 오랑우탄이 놀라서 잠깐 기절한 것 같으니 걱정하지 마라."

시단이 도라의 발목에 채운 쇠줄을 풀었다. 그런 뒤 상처가 난 발에 붕대를 감았다.

"아빠, 상처가 나을 때까지 제가 돌볼게요."

"발까지 다친 걸 보면 오랑우탄이 마구 날뛴 것 같은데?"

"아니에요. 제가 오랑우탄을 밀어서 그랬던 거예요. 예전에 정글에 갔을 때 아빠가 그랬잖아요. 어미 오랑우탄이 새끼가 독립할 수 있도록 가르치려면 많은 시간이 필요하다고요. 그런데 지금 어미 오랑우탄도 없는데 다치기까지 하고 얼마나 힘들겠어요."

"그럼, 다 나을 때까지만이다. 절대 집으로 들여보내지 말고, 헛간에서만 지내야 해.”

“아빠! 허락해 주셔서 감사합니다.”

파티마가 싱긋 웃었다.

아침 햇살이 헛간 안에 가득했다. 언제 왔는지 파티마가
도라를 쳐다보고 있었다. 잠자리가 편안하고 보송했다. 나
뭇잎이 아니었다. 푹신푹신한 담요에 뺨을 비비적거렸다.
살포시 움직일 때마다 향긋한 꽃냄새가 났다.

“잘 잤어? 발 많이 아파?”

파티마가 도라의 발을 만지려다 멈칫했다. 손가락을 꼼
지락거리고만 있었다. 어제 일로 겁을 먹은 것 같았다.

도라는 다치지 않은 발을 슬며시 파티마의 손끝을 향해
내밀었다. 파티마는 다른 사람과는 달랐다. 무조건 나쁜 사
람만 있는 줄 알았는데, 아니었다. 그때는 공격하는 줄 알
고 파티마를 물려고 했었다. 그러나 파티마는 오히려 진심
어린 마음으로 도라를 걱정하는 것 같았다. 파티마가 울며

불며 시단을 붙잡으면서 매달렸던 모습이 떠올랐다. 그 순간 묘한 기분이 들었다.

"우웃우웃. 투르르르."

도라가 두 입술을 부딪치며 소리를 냈다. 기분이 좋을 때 도라도 모르게 저절로 내는 소리다.

"만져도 된다고?"

파티마가 도라의 머리를 살살 만졌다. 도라는 눈을 지긋이 감았다.

"투르르르르."

"조금 있으면 괜찮아질 거야. 그리고 있잖아, 오랑우탄! 너도 엄마 많이 보고 싶지? 나도 우리 엄마가 많이 보고 싶어. 우리 엄마가 그랬거든. 꼭 다시 돌아올 거라고. 그러니깐 너도 엄마를 만날 수 있을 거야. 그때까지 내가 너를 돌봐 줄게."

파티마가 활짝 웃으며 말했다.

'나를 돌봐 준다고?'

거짓말을 하는 것 같지는 않았다. 왠지 모르게 가슴 한편이 점점 편안해졌다. 도라는 잠시 멈칫하다가 파티마의 품에 안겼다. 파티마의 품이 엄마처럼 넓지는 않았지만 따뜻하고 아늑했다. 처음 들어본 사람의 심장 소리지만 엄마의 심장 소리와 다를 게 없었다.

"……우웃우웃."

기억해!

"이제는 괜찮아?"

"훗훗."

도라는 그렇다고 말했다. 며칠 전부터 상처가 다 아문 듯 상처 부위가 간지러웠다. 손으로 붕대를 풀고 헛간 안을 한 바퀴 돌았다. 걸어도 발은 아프지 않았다.

파티마를 쳐다보면서 조금 전보다 더 빠르게 헛간 안을 계속 돌았다. 아프지 않다는 것을 알려 주고 싶었다. 그래 야 엄마를 찾으러 갈 수 있다.

"다 나았다는 것을 보여 주고 싶구나! 알았어. 다행이야.
호호, 그만 좀 돌아. 어지러워. 어! 잠깐만."

"우훗훗!"

도라는 잠시 멈칫한 후 파티마를 쳐다봤다.

"내가 너의 이름을 지었어. 오랑이. 앞으로 너의 이름은
오랑이야. 알았지?"

파티마의 말에 도라는 고개를 끄덕였다.

잠시 후, 파티마가 또 불렀다.

"오랑아, 이리 좀 올래?"

"우웃우웃! 투르르르."

오랑이라는 이름이 금세 귀에 익었다. 도라는 침을 분수
처럼 튀기며 두 입술을 부르르 떨었다. 파티마는 도라가 좋
아하는 모습을 보고 함박웃음을 지었다. 오랜만에 듣는 큰
웃음소리다. 간지럼을 잘 타고, 제자리 돌기를 할 때마다
어지럽다며 웃는 엄마와 비슷했다. 파티마의 목에 매달려
얼굴을 비비적거리며 엄마를 향한 그리움을 달랬다.

열흘째 되는 날, 도라는 헛간 중앙에 앉아 겨드랑이 털을 솎고 있었다.

　　"오랑아, 너 그림 그릴 수 있어? 이건 종이랑 크레파스인데, 내가 우리 엄마 얼굴을 그려볼게."

　　파티마가 하얀색 종이에 동그라미를 크게 그렸다. 그 안에 눈, 코, 입 모양을 그리고 색칠했다. 도라는 그림을 한참 동안 쳐다봤다. 붉은색 크레파스를 들고 그대로 따라 그렸

다. 색색의 크레파스는 숲에서 본 열매 색과 비슷한 색깔들이었다. 초록색 크레파스를 들어 손바닥에 색칠하고 깨물기도 했다.

"안 돼! 이건 먹는 게 아니야. 벌써 배고파? 조금 전에 많이 먹었잖아."

파티마가 피식 웃었다.

"우훗우훗."

도라는 신이 나서 소리를 질렀다.

"이게 뭐야? 이게 그림이라고?"

"투루루루루."

기분이 좋아 투레질을 했다. 도라가 분수처럼 침을 튀겼다. 파티마는 두 손으로 얼굴을 가렸다.

"어! 아이, 차가워!"

파티마가 벌떡 일어나 피했다. 도라도 파티마의 행동을 그대로 따라했다.

"오랑이는 따라쟁이!"

파티마가 크게 웃었다. 도라는 파티마가 웃을 때가 제일 행복하다.

그때 시단과 옆집 아저씨가 왔다. 아저씨가 도라를 빤히 쳐다봤다. 도라는 아저씨한테도 웃음을 주고 싶었다. 바닥에서 구르기를 여러 번 했다. 아저씨가 씩 웃었다. 성공이다. 다시 구르기를 한 뒤 윗입술을 들어 올리며 씩 웃었다.

"시단, 저 정도면 돈을 많이 받을 수 있을 것 같은데……."

아저씨는 말하다 말고 시단의 귀에 속삭였다. 아저씨가 도라를 흘깃흘깃 쳐다봤다.

"아빠, 무슨 일 있어요?"

"아니, 그게 아니라. 잠깐만, 아저씨가 아빠한테 할 말이 있다는구나!"

시단이 아저씨의 손을 잡아끌고 밖으로 나갔다. 얼마의 시간이 지나고, 시단이 다시 헛간으로 들어왔다.

"파티마, 이제 엄마가 수술을 받을 수 있어."

시단이 파티마에게 말했다.

"정말요? 언제요? 그럼 금방 나아서 집에 올 수 있어요?"

"있잖아, 오랑우탄을 팔면 엄마가 치료받고 병원에서 나올 수 있어. 그리고 파티마도 다시 학교로 돌아갈 수 있고. 마침 작은 동물원에서 오랑우탄을 구한다고 하더구나."

"오랑우탄을 판다고요?"

파티마는 말하다 말고 손으로 입을 막았다. 파티마의 크고 검은 눈동자가 더 커졌다.

"파티마, 여기보다 오랑우탄을 전문적으로 보호해 주는 곳일 수도 있잖아. 그러면 오랑우탄도 좋고, 그리고 우리는 엄마가 건강해질 수 있어서 좋고."

시단이 도라를 흘끔 쳐다보며 말했다. 파티마는 눈물을 뚝뚝 흘리고 있었다.

'오랑우탄이면 나를 말하는 건가?'

도라는 잠시 그런 생각을 하다가 고개를 세차게 흔들었다. 설마, 파티마의 아빠는 그렇게 나쁜 사람이 아니었는데. 도라는 너무 혼란스러웠다.

'그런데 파티마가 왜 우는 거지?'

파티마가 우는 게 제일 싫은 도라는 파티마의 목을 끌어

안고 등을 토닥였다.

"우우우우우."

'울지마 마, 왜 울어.'라고 말했다. 도라는 파티마를 웃게
하고 싶었다. 입술을 뒤집기도 하고 파티마의 겨드랑이를
간지럼도 태웠다. 엄지손가락을 콧구멍에 넣기도 했다. 그
래도 아무 반응이 없었다.

안되겠다 싶어서 파티마의 머리에 꽂힌 머리핀을 빼서
자신의 머리에 꽂고 씩 웃었다. 꺄르르 웃을 줄 알았던 파
티마는 자꾸 미안하다는 말만 했다. 도라는 왜 미안하다고
하는지 알 수 없었다. 파티마는 도라가 만난 사람 중 최고
였는데 말이다.

다음 날 파티마가 도라를 흔들어 깨웠다. 평소보다 이른
아침이었다.

"오랑아, 우리 숲에 가자!"

'숲이라고?'

도라는 정신이 번쩍 들었다.

파티마가 도라의 목에 줄을 채웠다. 반대편 줄 끄트머리의 매듭을 파티마의 손목에 묶었다. 파티마와 함께 살게 된후 첫 외출이다. 집에서 몇 걸음 나가자 팜유 나무가 끝없이즐비하게 펼쳐졌다. 팜유 나무를 지나 한참을 걸은 듯했다.

숲이 보였다. 도라는 숲과 흙의 향기에 저절로 코가 벌름거렸다. 오랜만에 걷는 숲길이었다. 도라는 잠시 하늘을 쳐다봤다. 나뭇잎 사이로 뜨거운 햇살이 반짝였다. 도라는 파티마의 손을 잡고 천천히 걷기도 하고 파티마의 목에 매달려 가기도 했다.

몇 번의 오르막길을 올라갔을 때였다. 익숙한 열매 냄새에 도라의 몸이 저절로 움직였다. 크기가 작은 무화과나무였다. 엄마와 나무를 탔던 일이 새록새록 생각났다. 나무를끌어안고 한참 동안 나무에서 나는 소리에 귀 기울였다.

"너, 저 나무를 타고 싶구나!"

파티마는 양손으로 도라의 긴팔을 들어 올렸다. 나무 위로 올라갈 수 있게 엉덩이를 받쳐 줬다.

도라는 다시 바닥에 앉아 나무를 흔들었다. 엄마가 해 줬던 말이 떠올랐기 때문이었다. 나뭇가지가 튼튼한지 확인하는 과정이 필요하다고 했다. 나뭇가지가 약하면 나무에 오르다가 바닥에 떨어질 수 있다. 머리를 뒤로 젖힌 후 나무 끝을 바라봤다. 나무 끝이 바람에 살짝 흔들렸다. 튼튼해 보였다.

손과 발로 나무를 감싸고 한 발 내디뎠다. 나무 냄새가 좋았다. 쭉쭉 나무 위로 올라갔다. 마치 엄마와 장난을 쳤던 것처럼 나무 중턱에 앉아 나뭇잎 하나를 꺾어 아래로 던졌다. 나뭇잎이 빙글빙글 돌며 천천히 내려가고 있었다.

"우훗우훗, 끼익익."

"오랑아, 좋지? 잘 기억해. 이곳이 네가 있어야 할 곳이야. 알았지?"

파티마가 손을 흔들고 있는 모습이 보였다. 도라는 잽싸게 나무 밑으로 내려와 파티마의 손을 덥석 잡았다. 그러자 파티마가 도라의 머리를 쓰다듬어 주었다.

"오랑이를 만나서 너무 행복했어. 사랑해."

'갑자기 왜 그러지?'

도라는 고개를 갸웃했다.

붉은 노을이 팜유 농장을 덮을 때쯤 집으로 돌아왔다. 시단과 아저씨가 도라와 파티마를 보고 손을 흔들었다. 반가운 마음에 도라는 시단 앞으로 갔다. 윗입술을 올리며 씩 웃었다. 시단은 일부러 도라와 눈을 마주치지 않고 파티마만 쳐다봤다.

"파티마, 걱정하지 마. 좋은 곳으로 가서 좋은 사람을 만날 수 있을 거야."

시단은 파티마를 안아 주며 말했다.

아저씨가 케이지를 가지고 왔다. 도라를 잡아 가뒀던 케이지였다. 도라는 끼이익 울부짖으며 날뛰었다. 파티마 곁으로 가서 손을 잡았다.

"미안해. 오랑아!"

파티마는 몸까지 들썩거리며 울었다.

"끼이익, 끽끽."

'제발, 날 보내지 마.'라고 소리쳤다.

"시단, 빨리해. 오랑우탄이 도망가면 어쩌려고."

아저씨가 날카로운 목소리로 말했다.

"잠깐만요. 제가 말할게요. 강제로 하지 마세요."

파티마가 도라의 손에 머리핀을 쥐어 주며, 귀에 대고 작은 소리로 말했다.

"트럭이 멈추면 꼭 숲으로 도망가야 해. 알았지. 우리가 갔던 그런 숲으로. 엄마를 찾을 수 있을 거야. 꼭! 약속해."

파티마의 말에 도라는 눈을 끔벅였다.

'엄마? ……그래. 엄마를 찾아야 해.'

주춤하던 도라는 천천히 케이지 안으로 들어갔다. 철커덕하는 자물쇠 소리가 들렸다. 곧이어 덜컹거리면서 트럭이 움직이기 시작했다. 파티마가 울며 손을 흔들었다. 파티마와 농장의 모습이 점점 멀어지면서 더 이상 보이지 않았다. 왈칵 눈물이 쏟아졌다.

'안녕! 파티마.'

트럭이 울퉁불퉁한 길을 달렸다. 트럭 위 케이지가 심하게 들썩거렸다. 좁은 케이지 안에서 머리를 이리저리 부딪쳤다. 그럴수록 몸을 더 작게 웅크렸다. 시끄러운 트럭의

엔진 소리에 두 손으로 머리를 감쌌다. 한참을 달리던 트럭이 잠시 멈췄다. 잠시 후 트럭 문이 열렸다 닫히는 소리가 들렸다.

"어이, 잠깐 쉬었다 가지."

"좋아. 아니, 그런데 말이야 이러다가 숲이 없어지겠어. 며칠 전까지만 해도 저쪽은 나무가 빼곡했었는데."

"숲 없애는 거야 쉽지, 뭐. 불로 태우면 그만이야."

트럭에서 내린 사람들이 소란스럽게 이야기를 나누며 오줌을 누고 있었다.

해가 지고 있었다. 붉은 노을빛이 도로 양옆의 나무를 선명하게 비췄다. 빼곡하게 들어선 나무가 보이자 마음에서 뭔가가 꿈틀 올라오기 시작했다. 오른손을 철창 사이로 빼서 매달린 자물쇠를 흔들었다. 작은 구멍이 보였다.

파티마가 줬던 머리핀이 떠올랐다. 파티마가 했던 것처럼 구멍에 머리핀을 넣어 여러 방향으로 돌려 봤다. 하지만 아무리 해도 철커덕하는 소리는 들리지 않았다. 머리핀이 구멍 안에서 헛돌았다. 마음이 조급해지기 시작했다.

'트럭이 출발하기 전에 저기 보이는 숲으로 도망가야 하는데. 어쩌지?'

심장이 두근거리기 시작했다.

"해가 지고 있어. 어둡기 전에 도착하려면 서두르자고."

사람들이 트럭에 탔다. 곧이어 엔진 소리가 들리기 시작했다. 마지막 힘을 다해 다시 한번 머리핀을 천천히 돌렸다. 그러자 철커덕하는 소리가 들렸다. 자물쇠가 풀렸다.

트럭이 천천히 움직이기 시작했다. 이때를 틈타 도라는 철창문을 열고 트럭에서 뛰어내렸다. 트럭은 도로를 향해 달리는가 싶더니 잠시 멈췄다. 도라가 도망간 것을 눈치챈 듯, 깜빡이를 켜고 빠른 속도로 후진하고 있었다.

도라는 조금 전 보았던 나무가 많은 곳을 향해 달렸다. 숲에만 들어서면 분명 살아남을 수 있을 것 같았다. 높은 나무만 찾으면 된다. 그런 생각이 들자 발가락 끝이 곤두섰다. 조금만 힘을 내면 된다. 거친 숨을 몰아쉬며 뒤를 돌아

보았다. 그러나 조금 전보다 더 빠른 속도로 트럭이 달려오고 있었다. 도로의 붉은 흙이 사방으로 흩어져 흙먼지가 자욱했다.

트럭에서 울려대는 경적에 심장이 터질 것만 같았다. 놀란 가슴을 부여잡고 더 힘을 내어 뛰었다. 오르막길이라도 있으면 좋으련만 평평한 도로만 길게 뻗어 있었다. 도로 좌우로 똑같은 나무들이 빼곡하게 들어서 있었다.

나무가 있는 곳으로 가까이 갔다. 도라가 숲에서 본 나무가 아니었다. 파티마와 함께 가서 보았던 울창한 숲이 아니었다. 가슴이 철렁 내려앉았다. 엄마와 함께 갈 곳을 잃었을 때 머무르며 보았던 나무들이었다. 붉은 열매가 수북하게 매달린 팜유 나무였다.

도라는 팜유 나무 앞에서 서성거렸다. 그러는 순간 사람들의 목소리가 점점 가까이 들려왔다. 트럭에 탔던 사람들이었다. 도라는 팜유 나무 위로 올라가 숨을 죽인 채 길게 뻗은 잎사귀 뒤에 숨었다.

"분명, 이곳으로 도망가는 것 봤는데. 도대체 어디로 간 거야?"

"큰일인데. 이러다 도리어 우리가 돈을 물어 줘야 하는 것 아니야?"

팜유 나무의 기다란 잎 사이로 사람들이 보였다. 사람들은 단단히 화가 난 듯 큰 소리로 말했다. 지금 저들한테 잡히면 당장이라도 두들겨 맞을 것 같았다. 무서웠다.

그런데 발에서 통증이 느껴졌다. 너무 아팠다. 작은 소리라도 들릴까 싶어 한 손으로 입을 틀어막았다. 돌부리에 걸려 발바닥에 상처가 난 듯했다. 피가 흘렀다. 발바닥을 보려고 잠시 몸을 움직이는 순간, 팜유 열매 한 개가 바닥으로 쿵! 떨어졌다.

"저기 있다. 마취총 쏴!"

고함치는 소리가 들렸다. 도라는 바닥으로 힘없이 떨어졌다. 엄마와 파티마의 얼굴이 안개처럼 희뿌옇게 나타났다가 금세 사라졌다.

동물원

"야, 오랑우탄, 일어나."

사람의 목소리가 아니었다. 긴팔원숭이 품에 안긴 새끼 긴팔원숭이의 날카로운 목소리였다.

엉거주춤 일어난 도라는 주변을 두리번거렸다. 고향 숲에서 봤었던 긴팔원숭이를 이런 낯선 곳에서 보다니.

숲에서 엄마와 열매를 구하러 가는 도중 긴팔원숭이들 영역에 잘못 들어섰던 적이 있었다. 자신들의 영역을 침범했다며 어찌나 무섭게 달려드는지, 몸집은 작아도 무리를 지어 돌진하는 모습에 아찔했었다.

 그런데 이곳은 숲도 아니고, 여러 마리의 긴팔원숭이들
이 모여 있지도 않았다. 한쪽 구석에 새끼를 끌어안고 있는
긴팔원숭이, 둘뿐이다. 어미로 보이는 긴팔원숭이는 눈도

리틀씨앤톡 모두의 동화
도서목록

한 학기 한 권 읽기 수업 자료 내려받기

www.seentalk.co.kr

나의 숲으로

최부순 글 · 이로우 그림

경기도 파주시 문발로 405 제2출판단지 활자마을
T 02-338-0092 | F 02-338-0097 | M seentalk@naver.com | H seentalk.co.kr

생각을 키우는
www.seentalk.co.kr
리틀
씨앤톡

001 불 꺼진 아파트의 아이들

정명섭 글 | 이예숙 그림 | 값 11,000원

(키워드) 블랙아웃, 에너지, 원자력, 환경, 재난

문학나눔 선정도서(2018) | 행복한아침독서 추천도서(2019)

....

002 녹두꽃 바람 불 적에

최유정 글 | 김태현 그림 | 값 11,000원

(키워드) 동학 농민운동, 저항정신, 평등, 전봉준

세종도서 교양부문(2018) | 경상남도교육청 고성도서관 추천 신간(2018.06)

....

003 찌아찌아족 나루이의 신기한 한글 여행

장경선 글 | 윤종태 그림 | 값 10,000원

(키워드) 한글, 훈민정음, 평화

세종도서 교양부문(2019) | 광주광역시중앙도서관 권장도서(2020)

....

004 안녕, 명자

장경선 글 | 강창권 그림 | 값 11,000원

(키워드) 일제강점기, 사할린 동포, 독립운동, 실향민

행복한아침독서 추천도서(2019) | 물푸레도서관 눈에 띄는 책(2018.08)

....

005 궁궐은 살아 있다

장경선 글 | 값 11,000원

(키워드) 궁궐, 우리 문화재, 문화유산

경상남도교육청 고성도서관 추천 신간(2018.11)

....

006 늘 푸른 원터마을에서 강라찬 올림

최유정 글 | 정지윤 그림 | 값 11,000원

(키워드) 우정, 소통, 가족, 전통 마을

문학나눔 선정도서(2019) | 한우리 '전국 독서올림피아드' 필독서(2019)

019 불만 왕 뽑기 대회

정복현 창작동화집 | 이갑규 그림 | 값 12,000원

(키워드) 발표, 불만, 우정, 형제, 가족, 소통, 공감

국립어린이청소년도서관 사서추천도서(2021.10)
경상남도교육청 추천 신간 도서(2021.05)

---

020 오월의 편지

정복현 글 | 김주리 그림 | 값 12,000원

(키워드) 5.18, 5.18민주화운동, 광주민주화운동, 역사, 우정, 편지

문학나눔 선정도서(2021) | 사석도서관 사서추천도서(2021.03~06)

---

021 도토리 백 배 갚기 프로젝트

안수민 창작동화집 | 김도아 그림 | 값 12,000원

(키워드) 환경, 자연, 생명, 동물, 배려, 실천, 협동

경상남도교육청 추천 신간 도서(2021.08)

---

022 지구 소년 보고서

윤해연 글 | 박현주 그림 | 값 12,000원

(키워드) 우주, 지구, 상상력, 창의력, 이해, 우정, 협동, 극복, 갈등

세종도서 교양부문(2021) | 창원아동문학상(2022) | 한우리 추천 도서(2022)

---

023 나는 학교 가기 싫은데

김하은 글 | 김준영 그림 | 값 12,000원

(키워드) 학교, 공부, 할머니, 가족, 용기, 응원

---

024 나는 너의 페이스메이커

임지형 글 | 홍연시 그림 | 값 12,000원

(키워드) 우정, 달리기, 공부, 성적, 협동, 이해, 소통, 성취감

025 냠냠월드

남온유 글 | 허아성 그림 | 값 12,000원

 키워드 식습관, 건강, 비만, 인내심, 우정, 모험

---

026 소년 강감찬과 호랑이 대소동

정명섭 글 | 김준영 그림 | 값 12,000원

키워드 역사, 설화, 전설, 추리, 위인, 인물, 용기, 진실

관악문화재단 추천도서(2021)

---

027 오늘부터 명탐정

정해연 글 | 국민지 그림 | 값 13,000원

키워드 성장, 우정, 친구, 사랑, 용기, 탐정, 수사, 추리

문학나눔 선정도서(2022) | 행복한아침독서 추천도서(2023)

---

028 떡볶이 먹방 소동

염연화 글 | 안병현 그림 | 값 12,000원

키워드 유튜브, 가짜 뉴스, 먹방, 소문, 떡볶이, 닭강정, 마을

---

029 내 친구 할미 스타

이조은 글 | 홍연시 그림 | 값 13,000원

키워드 가족, 할머니, 엄마, 우정, 친구, 오해, 화해, 편견, 성장

행복한아침독서 추천도서(2023)

---

030 완벽하게 착한 아이, 시로

신은영 글 | 김민우 그림 | 값 13,000원

키워드 감정, 내면, 나, 자존감, 학교생활, 관계, 가족, 엄마, 성장

문학나눔 선정도서(2023)

제대로 뜨지 못한 채 힘없이 벽에 기대어 앉아 있었다.

"도대체 여기는 어디야?"

도라는 딱딱한 바닥을 만지며 말했다. 시멘트 바닥의 찬
기운이 온몸에 맴돌았다. 오소소 소름이 돋았다.

"여기는 동물원이야."

"동물원? 동물원이 뭐 하는 곳인데?"

"야, 넌 동물원도 모르니? 동물원은 뭐……, 갑갑하고 지루한 곳이기는 하지만 그래도 목숨은 안전한 곳이랄까?"

"갑갑하다고?"

"그렇지. 평생 갇혀 살기는 하는데, 너도 조금 있으면 익숙해질 거야. 그러니깐 네가 아무리 발버둥 쳐도 소용없어."

"안 돼. 그럴 수 없어. 난 엄마가 있는 숲으로 갈 거야."

도라는 머리를 세차게 흔들었다. 새끼 긴팔원숭이가 한 말들 때문에 머리가 더 복잡해졌다.

"오랑우탄, 정신 차려. 이곳에 들어오면 절대 나갈 수 없어. 사람들이 우리를 가둬 놓았다고. 사람들은 우리가 사는 숲도 없애고, 죽이고, 돈을 벌기 위해 팔기까지 하잖아. 결국 너와 나, 우리 엄마까지 평생 아무 데도 갈 수 없는 동물원에 가둬 버렸고."

"안 돼! 엄마한테 꼭 갈 거야."

도라는 고개를 흔들며 울부짖었다.

"야, 쓸데없는 생각 그만하고, 오늘 밤 푹 자 둬. 내일 낮에 바깥으로 나가서 해야 할 일들이 있으니깐."

"바깥이라면 숲?"

"내일 나가 보면 알아."

"뭔데? 말해 달라고!"

도라는 새끼 긴팔원숭이한테 다가갔다. 그러자 새끼 긴팔원숭이가 뾰족한 이빨을 보이며 날카로운 소리를 마구 질렀다.

"저리 꺼져. 꺼지라고! 우리 엄마한테 가까이 오지 마."

새끼 긴팔원숭이가 도라를 노려봤다. 엄마가 어떻게 될까 봐 걱정스러운 듯 당장이라도 달려들 기세였다. 놀란 도라는 한 발짝 뒤로 물러났다. 잘못 건드렸다가는 큰일 날 것 같았다.

의기소침해진 도라는 구석에 잔뜩 웅크리고 앉았다. 이를 지켜보던 새끼 긴팔원숭이가 어미 품으로 더 쏙 들어갔다.

"엄마, 엄마!"

"으응. 그으래……, 모리야!"

긴팔원숭이가 손을 들어 모리의 머리를 쓰다듬었다. 가쁘게 숨을 몰아쉬며 힘겹게 말했다. 하지만 모리를 바라보는 눈은 따뜻하고 사랑스러웠다. 도라도 엄마가 보고 싶어졌다. 머리를 푹 숙인 도라는 작은 목소리로 "엄마." 하고 여러 번 불러 봤다. 아무리 불러도 엄마는 곁에 없었다. 도대체 엄마는 어디에 있을까? 눈물이 자꾸 흘러내렸다.

고요한 밤, 어디에서 나는지 모르겠지만 울음소리가 계속 들렸다. 도라는 온몸이 쑤셨다. 저절로 입에서 끙끙거리는 소리가 났다. 몇 번을 뒤척인 뒤에야 설핏 잠이 들었다.

철커덩, 쿵.

철창 문이 열리는 소리에 도라는 소스라쳤다.

"뭘 그렇게 놀라냐? 사람이 무서워서 그래? 저 사람! 먹이를 챙겨 주는 사육사야. 특식 먹고 싶으면 앞으로 사육사말 잘 들어."

모리가 우쭐대며 말했다.

"워이, 워. 나와라!"

파란색 조끼를 입은 사육사가 큰 소리로 말했다.

어미 긴팔원숭이 품에 있던 모리는 사육사의 말에 순순히 밖으로 나갔다. 도라에게 공격적으로 달려들며 말했던 모습과는 딴판이었다.

"야, 오랑우탄, 너도 나와라."

사육사가 도라를 보고 손짓하며 말했다.

도라도 어쩔 수 없이 천천히 밖으로 나갔다. 작은 원형의 실외 우리였다. 몇몇 사람들이 철창 앞에 달라붙어 있었다. 철창을 잡고 흔드는 사람도 있었다. 도라는 어디로 가야 할지 몰라 한쪽 구석에 가만히 앉았다. 중앙에 아무 냄새도 나지 않는 나무가 보였다. 처음 본 나무였다. 그 옆에는 천장에서부터 늘어뜨린 굵은 밧줄이 두 개 늘어져 있었다. 그중 하나에 작은 통나무가 매달려 있었다.

모리는 길게 늘어진 밧줄을 부여잡고 위아래로 오르락내
리락했다. 잠시 후 점프를 해서 작은 통나무 위에 앉았다.
작은 통나무를 좌우로 흔들더니, 두 손을 사람들 쪽으로 내
밀었다. 그러자 사람들은 먹고 있던 과자를 철창 사이로 집

어 던졌다. 모리는 떨어진 과자를 주워 냄새를 맡았다. 그러더니 먹지 않고 바닥에 도로 던졌다.

그때 작은 아이가 철창 앞에서 손을 흔들었다.

'파티마?'

도라는 숨을 다시 한번 몰아쉰 뒤 아이를 봤다. 목소리도, 모습도 파티마는 아니었다. 하지만 보드랍고 작은 손을 가진 사람이었다. 착한 사람일 게 분명했다. 손과 발을 바닥에 집고 "꺼어이." 소리를 지르며 아이한테 빠르게 뛰어갔다.

"오랑우탄이다."

반가운 목소리도 잠시, 아이는 자신을 공격할 거라고 생각했는지 몸을 움츠렸다. 잔뜩 겁에 질려서는 바닥에 철퍼덕 엉덩방아를 찧었다. 그러더니 바닥에 있는 돌멩이, 들고 있는 과자 봉지와 음료수병을 철창 사이로 마구 집어던졌다.

"야, 못생겼어. 저리 꺼져."

도라는 아이가 던진 돌멩이에 머리를 정통으로 맞았다.

'앗!' 하며 깜짝 놀랐다. 맞은 부위는 아프지 않았다. 하지만
마음이 몹시 씁쓸했다.

　소리를 지르던 아이는 바닥에 떨어진 가방을 들고 씩씩
거리며 가 버렸다.

"거 봐, 알겠지. 사람들은 저렇다고. 예전에 우리 엄마도 돌멩이를 맞아 많이 다쳤었지. 나야 엄마 품에 매달려 있어서 맞은 적은 없었지만 말이야. 여기서 잘 지내는 방법이 있어."

"뭔데?"

"동물원에 오는 사람들한테 잘 보여야 해. 그래야 사람들한테 이쁨을 받을 수 있고, 가끔은 사람들이 먹다 남은 바나나를 던져 주기도 해. 얼마나 맛있는데."

모리는 어깨를 으쓱하며 말했다.

도라는 일어나 어기적거리며 모리가 매달린 곳으로 갔다. 비좁은 공간이라 이리저리 자유자재로 뛸 수는 없었다. 굵은 밧줄에 한 손으로 매달렸다. 밧줄이 빙빙 돌아갔다. 이렇게 갇혔는데, 과연 엄마를 찾을 수 있을까?

도라는 밧줄에 그냥 몸을 맡겼다. 팽이가 돌아가듯 도라의 몸이 빠르게 돌았다. 도대체 어디서부터 잘못된 건지 아무리 생각해 봐도 머리만 복잡했다.

"야! 끽끽! 재미있니?"

사람들이 도라와 모리의 행동을 보며 실실 웃었다. 원숭이 울음소리를 흉내 내는 사람도 있었다.

동물원 우리에서 한참 시간이 지났다. 사람들이 점점 사라졌다. 얼마 지나지 않아 다시 철창문이 열렸다.

"식사 시간이다. 들어와."

사육사의 말에 도라는 낯선 통로를 살피며 천천히 걸었다. 사육사는 동물들에게 줄 먹이를 준비하고 있는 것 같았다. 과일이 담긴 외발 수레를 끌던 사육사가 중심을 잃어 바닥에 넘어졌다. 그때 허리춤에 매달린 열쇠 여러 개가 서로 부딪치는 소리가 들렸다.

"괜찮아?"

노란 머리 사육사가 놀라 뛰어왔다.

"아이고, 허리를 삐끗했나······."

사육사는 열쇠 꾸러미에 짓눌린 허리를 손바닥으로 문질렀다. 그러더니 곧 일어나서 바닥에 널브러져 있는 과일을 씩씩거리며 담았다. 다시 외발 수레를 끌다가 뒤를 돌아봤다.

"오랑우탄, 빨리 와. 그러다 먹을 것 없다."

사육사는 도라를 힐끔 쳐다보며 손짓했다.

도라는 통로를 천천히 걸어갔다. 열쇠 한 개가 바닥에 떨어져 있었다. 아무도 모르게 발로 덮었다가 잽싸게 주웠다. 뾰족한 열쇠 끝을 보니 파티마의 머리핀이 생각났다.

'혹시 이런 것도 나중에 쓸모가 있을지도 몰라.'

손에 꽉 쥐고 자리로 돌아갔다. 그리고 수북하게 쌓여 있는 나뭇잎에 넣어 놓은 뒤 그 위에 앉았다.

사육사는 앉아 있는 오랑우탄 앞으로 망고, 바나나, 코코넛을 던졌다.

도라는 사육사의 눈빛이 무서웠다. 파티마 아빠와 대화를 나눴던 아저씨의 눈빛과 같았다.

"오랑우탄 말이야, 아무래도 사람 손을 좀 탄 것 같아. 생각보다 적응을 잘해."

"팜유 농장인가? 거기에서 아이랑 지내다 팔려 왔다는군! 사장이 밀렵꾼하고 통화하는 것을 들었는데, 오랑우탄을 너무 비싸게 사 와서 다시 판다고 하더라고."

"만나자마자 이별이네. 야, 오랑우탄 이거 서비스다. 많이 먹어라."

사육사가 도라를 쳐다보더니 딱딱한 코코넛 열매를 던져 주었다.

그사이 노란 머리 사육사는 쓰러질 것 같은 어미 긴팔원숭이를 보고 고개를 갸웃했다. 모리를 어미한테서 떼어내려다가 멈췄다.

"가망이 없어 보여. 긴팔원숭이를 치료할 돈은 없고, 더 지켜보자고."

노란 머리 사육사는 혀를 차며 작은 소리로 말한 뒤 나갔다. 철커덩 자물쇠 여닫는 소리가 들렸다.

사육사가 나간 뒤 도라는 나뭇잎 위에 누웠다. 머리맡에 굴러온 망고 열매를 한 입 베어 먹었다. 입안이 깔끄러워 맛이 없었다. 나뭇잎 밑에 숨겨 놓은 열쇠를 만지작거리며 눈을 감았다.

탈출

한참이 지나서야 밤이 찾아왔다. 도라는 자리에서 꿈쩍도 하지 않았다. 노란 머리 사육사가 했던 말이 자꾸 머릿속에서 맴돌았다.

'아픈 긴팔원숭이는 진짜로 버려질까? 이곳에 있는 다른 동물들도 아프고 쓸모가 없어진다면?'

그런 생각이 들자 온몸에 서늘한 기운이 맴돌았다. 생각을 떨쳐 내려 머리를 세차게 흔들었다.

"꼬마야! 크으음큼……."

긴팔원숭이가 힘없는 목소리로 말을 하나 싶더니 잠시 멈췄다. 몇 번이나 숨을 몰아쉬었다.

"괜찮으세요?"

도라는 긴팔원숭이 곁으로 다가갔다.

"움직이는 건 힘들지만, 천천히 말은 할 수 있단다."

긴팔원숭이는 애써 미소를 지으며 고개를 끄덕였다. 끌어안고 있던 모리를 잠자리에 내려놓았다. 모리는 깊은 잠에 들은 듯 편안한 모습이었다.

"꼬마가 우리랑 지내서 참 좋아."

"네?"

뜬금없는 긴팔원숭이의 말에 도라는 의아한 눈으로 쳐다봤다. 엄마와 같이 열매를 먹고 있을 때 긴팔원숭이한테 빼앗긴 적이 여러 번 있었다. 행동이 빨라 따라가도 놓치기 일쑤였다. 거기에다 어찌나 사나운지 날카로운 발톱으로 공격해 깊은 상처로 고생한 적도 있었다. 그 이후 엄마는 긴팔원숭이 무리가 나타나면 무조건 피하라고 했다.

"오랑우탄은 나한테 생명의 은인이야. 그럼, 은인이고 말고. 아, 참! 꼬마는 이름이 뭐니?"

"도라요."

"그래, 도라야. 예전에 내가 살았던 숲에서 오랑우탄이 우리 식구를 구해 줬었지. 새끼를 끌어안고 가던 오랑우탄으로 기억해. 우리는 먹이를 찾기가 매우 힘들었단다. 숲이 파괴되고 있었거든. 어렵게 구한 먹이를 먹느라 정신이 없었어. 가까이에서 불이 났는지도 몰랐지. 연기가 피어오르고, 매캐한 냄새가 나는 일이 자주 있었거든. 그래서 방심했던 것 같아. 그런데 불이 났다고 얼른 피하라며 알려 준 게 오랑우탄이었어. 우리는 그것도 모르고 소리를 질렀지만 말이야."

긴팔원숭이는 천천히 작은 목소리로 말했다. 그리고 생각에 잠긴 듯 눈을 지그시 감았다.

"저도 긴팔원숭이 무리를 만난 적이 있어요. 숲이 점점 사라져서 엄마와 함께 좀 멀리 열매를 구하러 가는 도중이었거든요. 수십 마리의 긴팔원숭이가 송곳니를 보이며 소리를 질러댔어요. 너무 무서워서 벌벌 떨었는데…….”

“그랬구나. 이제는 그런 걱정하지마. 그런 일은 없을 거야. 내가 우리 아이한테 말해 놓았단다. 꼬마랑 사이좋게 잘 지내라고. 그런데 엄마는 어느 쪽에 있니?”

“네? 어느 쪽이라뇨?

“사육사들이 그러더구나. 동물원이 규모는 작아도 동물들을 나눠서 관리한다고. 작년에도 어미와 새끼 오랑우탄이 같이 잡혀 온 적이 있었지. 지금은 어디로 갔는지는 모르겠지만.”

도라는 혼란스러웠다. 동물원에 온 첫날부터 밤마다 동물들이 내지르는 소리가 들리기는 했었다. 엄마와 마지막으로 헤어질 때 사람들이 철망 상자에 엄마를 넣어 어딘가로 끌고 가는 모습을 봤었다.

‘그렇다면 엄마도 이곳에 잡혀 온 걸까. 아니겠지. 파티마의 아빠가 파티마한테 말하는 걸 똑똑히 들었어. 엄마를 놓

쳤다고. 분명 엄마는 숲에서 기다리고 있을 거야.'

심장이 쿵쾅거렸다. 엄마가 울부짖으며 도라의 이름을
불렀던 일이 떠오르자 눈물이 났다.

"엄마는 어디로 갔는지는 모르겠어요. 엄마가 너무 보고
싶어요."

"그랬구나! 엄마는 너를 꼭 찾으러 올 거야."

긴팔원숭이는 힘겹게 도라한테 다가왔다. 천천히 팔을 들어 도라의 등을 토닥여 줬다. 작은 손이었지만 따뜻했다. 긴팔원숭이는 바닥에 널브러진 나뭇잎을 주워 도라의 몸에 올려 줬다. 엄마가 덮어 준 나뭇잎 이불이 생각났다. 도라는 나뭇잎으로 얼굴을 가렸다.

밤이 점점 깊어진 듯 부엉이의 굵고 낮은 울음소리가 잠을 재촉했다.

드르륵, 쾅!

철문이 열리는 소리에 도라는 눈을 번쩍 떴다. 숲이었다면 나무 사이를 펄펄 뛰어올랐을 만큼 몸이 가벼웠다. 동물원에 온 뒤 제대로 잠을 이루지 못했는데, 처음으로 깊은 잠에 빠져들었다.

"오늘은 과일이 없다. 대신 이거나 먹어라."

먹이를 주러 온 노란 머리 사육사가 그릇을 놓고 갔다. 그

릇 안에는 검은콩같이 생긴 것이 담겨 있었다.

"이건 사료야. 가끔 열매를 구하지 못하면 주는 음식인데. 너도 먹어 봐."

모리가 성큼 와서 한 알씩 집어 먹었다. 오도독 소리가 났다. 도라도 사료를 조금 집어서 먹었다. 몇 번 씹어 봤지만 비릿한 냄새 때문에 도저히 먹을 수 없었다. 얼굴을 찌푸리며 바닥에 사료를 뱉었다.

그때 실외 우리로 가는 철문이 열리자 도라와 모리는 따라 나갔다. 실외 우리에는 사람들이 많지 않았다. 다른 동물을 관람하고 있는지 어디선가 사람들이 떠드는 소리만 들렸다. 도라는 통나무 위에 올라가 천장에 매달린 줄을 잡으며 흔들었다.

"오랑우탄이 나왔다."

키 큰 남자가 큰 소리로 말했다. 뿔뿔이 흩어져 다른 동물을 구경하던 사람들이 몰려들었다. 작은 손을 가진 사람이 철창에 매달렸다. 동물원에 온 첫날, 도라는 파티마같이 착한 사람인 줄 알고 다가갔다가 돌팔매질 당했던 일이 떠올랐다. 이제는 그러지 않기로 했다.

모리랑 번갈아 가며 밧줄을 잡고 위아래로 올라가고 뛰어내렸다. 그럴 때마다 사람들의 웃음소리가 들렸다.

"쟤들 봐. 너무 귀여운데. 오랑우탄한테 사탕 하나 줄까?"

아기를 안고 있는 사람이었다. 도라는 입술을 부르르 떨었다. 그러자 아이는 까르르하고 웃었다. 도라가 하는 행동마다 사람들은 시끄럽게 떠들었다. 그러더니 안으로 먹을 것을 던졌다. 과자, 빵, 음료수병, 사탕, 초콜릿이 바닥에 듬성듬성 떨어졌다.

도라는 바닥에 떨어진 것 중 노란색 비닐로 감싼 것을 들었다. 먼저 냄새를 맡았다. 달콤한 향이 코를 자극했다.

"사탕도 까서 먹나 봐. 손이 사람과 비슷하게 생겼어."

사람들은 신기해했다.

도라는 사탕을 싼 비닐을 벗겼다. 입안에 넣으려는 순간이었다. 급작스레 모리가 달려드는 바람에 사탕이 바닥에 떨어져 산산조각이 났다.

"사탕 먹다 목에 걸리면 죽어."

"거짓말, 네가 먹으려고 한 거잖아."

도라는 모리를 보고 씩씩거렸다. 송곳니를 들어 위협했다. 한 번만 더 달려든다면 이제는 손으로 내리치기로 마음 먹었다. 사이좋게 지내려고 했는데, 모리는 남의 먹이를 탐내는 욕심쟁이일 뿐이다.

"아니야. 그런 게 아니라고! 아무거나 먹으면 엄마처럼 아플 거라고 했단 말이야."

모리가 멀찌감치 떨어져서 말했다.

"꺼져. 한 번만 더 달려들면 가만두지 않겠어."

도라는 입을 크게 벌리며 소리를 질렀다. 한 방이면 날아갈 저 작은 녀석. 아픈 엄마가 있어서 참았는데 이제는 그러지 않기로 했다.

도라는 바닥에 떨어진 음식들을 이것저것 계속 주워 먹었다. 한 번도 먹어 보지 못한 새로운 맛이었다. 부드러운 음식도 있었고, 딱딱한 음식도 있었다. 제법 배가 불렀다. 사육사가 준 사료를 안 먹기 잘했다는 생각이 들었다.

그날 밤이었다. 모리가 조용했다. 도라 눈치만 살살 보고 있었다. 늘 긴팔원숭이 품에서 머리만 내밀고는 조잘조잘 떠들던 녀석이 아무 말도 하지 않으니 낯설었다.

도라는 잠을 자기 위해 나뭇잎을 정리하려 일어섰다. 조금 전부터 배가 살살 아프기는 했지만 심하지는 않았다. 참을 수 있었다. 그런데 시간이 지나면 지날수록 배가 점점 더 아팠다. 엎치락뒤치락 몸을 움직였다.

"어디 아파?"

모리가 말했다.

"신경 꺼!"

이참에 잘됐다 싶었다. 모리보다 자신이 더 우위에 있다는 것을 보여 주려 하악거렸다. 그런데 자꾸 헛구역질이 올라왔다. 토할 것 같다가도 나오지 않았다. 계속 캑캑거렸다. 그럴수록 배는 더 아팠다. 이제는 한쪽 옆구리가 콕콕 찌르는 느낌이 들었다.

"너, 배 아프지? 우리 엄마도 사람들이 던져 준 음식을 먹어서 아픈 거란 말이야. 이거 먹어. 우리 엄마가 배 아프면 먹으라고 줬던 약초야."

모리가 앉아 있던 자리에서 초록색 잎을 꺼냈다.

"어떻게 이게……."

도라는 눈이 휘둥그레졌다. 배탈이 날 때 엄마가 줬던 약초랑 똑같았다. 그때는 먹기 싫어서 투정을 부리곤 했는데. 일단 눈을 질끈 감고 억지로 씹어서 겨우 삼켰다. 너무 썼다. 하지만 참아야만 했다.

"고마워! 그런데 그게 어디서 났어?"

"사육사가 준 열매에 딸려 왔다며 엄마가 숨겨 놓았던 거야. 그게 마지막 약초지만."

모리가 어깨를 으쓱했다. 그러더니 긴팔원숭이 품으로 들어갔다. 긴팔원숭이는 점점 더 힘이 없어 보였다. 시간이 얼마나 지났을까. 모리가 잠이 든 것 같았다. 도라도 엄마 품이 더욱 그리워졌다. 몸을 잔뜩 웅크렸다. 잠을 자려고 했지만 그럴수록 엄마 생각에 정신이 더 또렷해졌다.

"꼬마야, 부탁이 있단다."

가늘게 떨리는 목소리였다. 긴팔원숭이는 곤히 자는 모리를 그윽한 눈으로 쳐다보며 말했다. 작은 창문 틈 사이로 밝은 달빛이 우리 안을 가득 비췄다. 달빛에 힘겨워하는 긴팔원숭이의 모습이 더욱 선명하게 보였다.

긴팔원숭이가 말을 하려는 듯 입술을 달싹거렸다. 도저히 알아들을 수가 없었다. 도라는 긴팔원숭이한테 바싹 붙어 귀를 기울였다.

"부탁이요?"

"우리 아이 좀…… 잘 보살펴 줘."

긴팔원숭이가 말했다. 잠시 후 모리를 안고 있던 팔이 힘없이 풀렸다. 긴팔원숭이가 도라에게 들려준 마지막 목소리였다. 어떻게 알았는지 사육사가 외발 수레를 끌고 들어왔다. 그 소리에 잠이 깬 모리가 긴팔원숭이를 더 꽉 잡으며 울부짖었다.

"엄마, 엄마! 크윽크윽. 하악하악."

사육사가 모리를 잡아끌었다. 그러자 모리는 날카로운

송곳니로 사육사의 팔을 물려고 했다. 사육사는 막대기를 들어 모리의 머리를 쳤다. 팍! 소리와 함께 모리는 바닥에 나뒹굴었다. 너무나도 순식간에 일어난 일이었다. 모리를 지켜보던 사육사는 얼굴이 붉게 달아올라 씩씩댔다.

"까불고 있어. 한 번만 더 덤비면 그때는 정말 가만두지 않겠어."

사육사는 위협적인 얼굴로 모리를 쳐다봤다. 그런 뒤 축 늘어진 긴팔원숭이를 외발 수레에 싣더니 쿵쿵거리며 우리 안을 나갔다.

"모리! 모리! 정신 차려 봐!"

도라는 모리한테 뛰어갔다. 모리가 죽었으면 어쩌나 싶어 눈물이 핑 돌았다. 다행히 모리의 심장이 세차게 뛰고 있었다. 충격에 잠시 기절한 듯했다. 모리를 안아 긴팔원숭이가 앉아 있던 자리에 눕혔다. 긴팔원숭이의 온기가 아직도 느껴졌다. 동물원에 계속 있다가는 자신에게도 어떤 일이 벌어질지 모른다는 생각이 들었다.

한참 시간이 지난 듯했다. 철문 틈으로 비추던 복도의 불빛마저 꺼졌다. 그 순간 도라는 파티마가 머리핀으로 자물쇠를 열었던 장면이 떠올랐다. 자리로 돌아가 수북하게 쌓인 나뭇잎을 뒤적거렸다. 나뭇잎 밑에 숨겨 놓았던 열쇠를 꺼내 손에 꽉 쥐었다.

철문 출입구 쪽으로 슬금슬금 다가갔다. 조용히 주변을 살펴봤다. 아무 소리도 들리지 않았다. 철망을 세차게 흔들었다. 덜컹거리며 쇠 부딪치는 소리만 들릴 뿐이다. 다시 자물쇠를 만져 흔들어 봤다. 파티마가 했던 것처럼 자물쇠에 열쇠를 넣어 몇 번을 돌렸다. 철커덩 소리가 들렸다.

"너 지금 뭐 한 거야?"

모리가 도라 곁으로 바싹 다가왔다.

"난 이곳에서 탈출할 거야. 넌 이곳에……."

도라는 말하려다 말고 멈칫했다. 긴팔원숭이가 모리를 돌봐 달라고 부탁했던 말이 떠올랐다.

"나도 데리고 가. 제발! 나랑 같이 가. 난 이제 혼자야. 엄마도 없단 말이야."

모리가 팔에 힘을 주며 도라의 목에 매달렸다. 울며불며 매달린 모리를 도저히 이곳에 놓고 갈 수는 없을 것 같았다.

시간을 더 이상 지체할 수 없었다. 늦은 밤이라 사육사들은 깊은 잠에 빠졌을 것이다. 사육사들이 깨기 전에 빠져나가려면 서둘러야 했다. 조심스레 우리 안의 철문을 살며시 열자 삐거덕 소리가 유난히 크게 들렸다.

"모리, 꽉! 잡아."

모리를 목에 매단 도라는 복도를 두리번거렸다. 곡선형 복도를 따라 뛰었다. 복도와 천장이 맞닿아 있는 벽면에 좁은 창문이 군데군데 보였다. 창문 사이로 달빛이 복도를 비췄다.

"저기 봐!"

모리가 소리쳤다. 화살표 표시가 벽면에 그려져 있었다. 화살표 방향을 따라 얼마 가지 않아 중앙에 출입구가 보였다. 복도가 미로처럼 복잡할 줄 알았는데, 쉽게 출입구를 발견해서 안도의 한숨을 쉬었다.

굳게 닫힌 유리문의 손잡이를 잡고 밀었다. 하지만 꿈쩍
도 하지 않았다. 유리문을 옆으로도 밀어 봤다. 유리라서
손이 찍찍 미끄러지기만 했다.

도라가 다시 주위를 두리번거렸다. 유리문 위에 빨간 점이 깜빡였다. 그 옆으로 검은색의 작은 원통이 천장에 고정되어 있었다. 원통 안에 동그란 눈같이 생긴 것이 좌우로 움직였다. 우리에 있던 거랑 똑같았다.

"모리야, 저것 봐."

도라는 목에 매단 모리를 바닥에 내려놓았다.

"저거, 감시 카메라야. 사람들이 동물들을 감시한다고 설치한 거야. 예전에 사육사가 하는 말을 들었거든. 사육사들이 깨기 전에 도망쳐야 하는데. 도대체 문을 어떻게 여는 거야."

모리가 주먹으로 유리문을 쾅쾅 두드렸다.

"그만해, 모리. 그러다가 사육사들한테 들키기라도 하면 어쩌려고."

도라는 모리의 팔을 움켜잡았다. 그런데 그때 어디서 나타났는지 쥐가 찍찍거리며 잽싸게 유리문 밑으로 빠져나갔다. 유리문 밑으로 틈새가 보였다. 도라는 바닥에 벌어진 틈새에 손을 넣었다. 유리문을 잡고 옆으로 밀었다. 덜컹하는 소리가 들렸다. 조금 움직이는 듯한 느낌이 들었다. 몇 번을 더 밀자 문이 조금 열렸다.

"너 먼저 나가 있어."

도라가 말했다. 밖으로 나간 모리가 유리문을 옆으로 밀었다. 하지만 유리문은 더 이상 움직이지 않았다. 도라가 나가기에는 출구가 너무 좁았다.

"몸을 옆으로 해 봐!"

밖에 있는 모리가 다급하게 말했다.

비좁은 유리문을 빠져나가기 위해 도라는 몸을 옆으로 밀어 넣었다. 간신히 다리까지 빠져나오려는 순간이었다. 옆으로 밀었던 문이 다시 닫히기 시작했다. 부리나케 발까지 빼기는 했지만 뾰족한 모서리에 발바닥이 찍혔다. 하지만 도라는 신경 쓰지 않고 모리의 손을 잡고 동물원 바깥을 향해 뛰었다.

동행

하늘에는 별들이 쏟아질 듯 촘촘했다. 밖에서 본 동물원은 생각보다 더 작았다. 공터에 작은 원형 동물원 하나만 덩그러니 있었다. 도라와 모리는 길을 따라 조금 더 내려갔다. 쉬지 않고 길을 재촉했다.

얼마 가지 않아 넓은 도로가 보였고, 그 반대편에 숲이 보였다. 한적한 도로에 차들은 빠른 속도로 지나갔다. 큰 트럭이 지나가기를 기다린 도라는 좌우를 살피며 빠르게 뛰었다. 갑자기 저 멀리서 불빛이 반짝거렸다. 불빛이 점점 가까이 왔다. 눈을 꾹 감고 반대편에 있는 숲을 향해 뛰어 갔다.

"큰일 났어. 저 자동차에 탄 사람이 우리를 봤을지 몰라. 어떻게 하지."

모리가 벌벌 떨면서 말했다.

도라도 무서웠다. 입을 꾹 다문 채 도라는 무조건 뛰었다. 언제 어디서나 사람을 경계하고, 바닥에 떨어진 열매는 절대 먹지 않겠다고 다짐했다.

숲은 나무들로 빼곡했다. 숲의 향기가 코를 찔렀다. 나무 위로 올라가자 엄마가 나무 위에서 절대 내려오지 말라고 했던 말이 떠올랐다. 나뭇잎과 열매를 따서 허기진 배를 채우며 주변의 나무를 유심히 관찰했다.

"뭘 그렇게 봐. 찾는 게 있어?"

"무화과나무가 있는 곳으로 가야 해. 그곳에 가면 엄마가 있을 거야."

"무화과나무? 그런 나무가 있어? 어떻게 생겼는데?"

"너는 숲에서 엄마랑 열매를 찾으러 다니면서 무화과나
무도 못 봤어?"
"열매를 왜 찾으러 다녀? 사육사가 먹이를 주는데."

모리가 고개를 갸우뚱했다.

"난, 엄마를 찾으러 갈 거야. 여기서 헤어지자."

도라는 엄마를 찾으러 갈 생각에 마음이 급했다.

"싫어! 난 숲이 어떤 곳인지 몰라. 엄마가 들려준 숲의 이야기가 전부라고. 난, 동물원에서 태어났단 말이야. 숲이 무서워, 무섭다고!"

모리는 도라의 목에 매달려 긴 꼬리로 도라의 몸을 감쌌다. 사시나무 떨듯 몸을 바르르 떨고 있었다. 긴팔원숭이가 마지막으로 한 말이 떠올랐다. 어떻게 해야 할까? 숲이라는 세상을 모르는 모리를 내버려 둔다면……, 생각만 해도 끔찍했다.

그 순간 검은 날개를 퍼드덕거리며 흰머리 독수리가 날아오고 있었다.

"피해야 해!"

도라는 나뭇잎이 우거진 곳으로 피했다. 흰머리 독수리가 멀리 날아가기를 숨죽여 지켜보고 있었다. 큰 부리와 발톱이 위협적이었다.

"네 말 잘 들을게. 진짜로. 응? 제발 날 버리지 마."

"조용히 해. 흰머리 독수리가 듣는단 말이야."

반대편 나무 중턱에 앉은 흰머리 독수리가 도라와 모리를 노려보고 있었다. 모리가 도라의 품으로 들어갔다. 모리의 심장 박동이 빠르고 강하게 느껴졌다. 도라도 흰머리 독수리가 무섭기는 했다. 하지만 모리와 같이 있으니 의지가 되었다.

흰머리 독수리는 소리를 지르며 당장이라도 날아와 덤빌 기세였다. 도라와 모리는 그럴수록 서로를 더 부둥켜안았다. 한참을 기다렸다. 흰머리 독수리는 포기한 듯 다른 곳으로 날아갔다.

"후유. 아까 그 시커멓게 생긴 것을 흰머리 독수리라고 불러? 엄청 무섭게 생겼다. 뾰족한 부리로 공격하면 살점이 다 떨어질 것 같아."

모리는 몸서리를 치며 고개를 저었다.

"너, 앞으로 내 말 잘 들어야 해. 알았지?"

숲에 살아 본 적이 없다는 모리를 버리고 갈 수는 없었다. 모리를 목에 매단 도라는 나무를 휙휙 타며 숲속을 살폈다.

안전한 곳을 찾아야 했다. 점점 날이 어둑해졌다.

"있잖아……, 너무 배가 고파."

모리의 말에 도라는 주변에 있는 나무를 살폈으나 열매는 보이지 않았다. 허기진 배를 달래기 위해 주변에 있는 나뭇잎을 뜯어 먹었다. 여린 잎을 따 모리의 입에 넣어 줬다. 쌉쌀한 맛이었지만 배고픔을 잠시 잊을 수 있었다.

"오늘은 이곳에서 지내야 할 것 같아."

도라는 엄마가 싱싱한 나뭇가지를 꺾어 보금자리를 마련했던 것이 떠올랐다. 위에 있는 나뭇가지를 가지런히 정리했다. 푹신한 나뭇잎에 모리를 내려놓으려 했다. 모리는 도라의 목에 매달려 떨어지지 않으려 했다. 도라는 엄마가 자신을 안아 주었던 것처럼 모리를 품에 안았다. 온몸이 따뜻해져 왔다. 숲속의 짙은 향기에 눈이 스르륵 감겼다.

나뭇가지가 세차게 흔들렸다. 도라의 얼굴에 떨어진 굵은 빗방울에 잠이 깼다. 빗방울이 더 거세졌다. 세찬 바람에 나뭇잎이 바닥에 우수수 떨어졌다. 일단 비를 피해야 했다. 도라는 모리를 한 손으로 꼭 끌어안고 큰 잎사귀가 달린 나무로 갔다. 엄마가 자신을 껴안고 비를 피했던 기억이 떠올랐다. 엄마는 잎사귀가 큰 나무가 있는 곳으로 비를 피했다. 잎사귀가 큰 나무는 줄기도 단단하다고 했었다. 큰 잎사귀를 머리에 쓰고 모리를 끌어안았다. 단단한 나무줄기에 앉아 비가 그치기를 기다렸다.

거센 빗방울이 서서히 약해지기 시작했다. 어느새 짙은 먹구름이 사라지더니 나뭇잎 사이로 햇살이 비쳤다.

도라는 나무 아래로 내려갔다. 모리한테 특식을 소개해 주고 싶었다. 비가 온 다음에는 흰개미가 땅 위로 많이 나온다. 엄마가 알려 준 방법이 떠올랐다. 도라는 나뭇가지를 흰개미들이 나오는 구멍 안에 넣었다가 뺐다. 나뭇가지 사이에 흰개미들이 우수수 딸려 나왔다.

"먹어 봐. 천천히 씹어 먹으면 맛있어."

낯설어하던 모리가 금세 도라처럼 따라 먹었다. 몇몇 흰개미가 입안에 들어가지 않고 얼굴을 기어다녔다. 서로의

얼굴에 붙은 흰개미를 떼 주었다. 도라와 모리의 눈이 마주

쳤다. 모리의 검은 눈동자가 반짝반짝 빛났다.

모리와 함께 나무 위로 올라가려 했다. 그런데 반대편에서 두 개의 황금빛 눈동자가 번쩍였다. 호랑이만큼 무서운 천적 구름표범이었다. 엄마가 나무 아래로 내려갈 때는 늘 경계하라고 했었는데. 발소리가 나지 않아 가까이 온지도 몰랐다.

'어떻게 하지?'

도라는 머릿속이 복잡했다. 온몸의 털이 곤두섰다. 잘못 움직이다가는 바로 잡아먹힐 게 뻔했다. 땅에서 아무리 빨리 뛴다고 해도 구름표범한테 당해 낼 수는 없다. 그렇다면 잽싸게 나무 꼭대기로 올라가야 한다. 그러려면 모리와 한 몸이 되어서 순식간에 움직여야 한다. 조금이라도 굼뜨면 구름표범이 바로 달려들 수 있다. 모리도 그대로 멈춰 있었다. 그나마 소리를 지르지 않아 다행이었다.

모리가 눈짓으로 나무 위를 가리켰다. 나무 위로 도망가자는 의미인 듯했다. 도라도 눈짓으로 깜박였다. 구름표범이 사냥감을 기습하려는 듯 자세를 낮추었다. 목주름이 꿈틀댔다. 구름표범이 하악거렸다. 구름표범의 송곳니는 몸 크기에 비해 유독 길었다. 날카롭고 뾰족한 송곳니를 세우며 겁을 줬다.

갑자기 세찬 바람이 불어 나뭇잎이 여기저기 흩날렸다. 이때다 싶어 도라는 모리의 손을 잡아끌었다. 모리가 도라의 목에 매달렸다. 도라는 빠른 속도로 나무 위로 올라갔다. 이제야 목소리가 터진 듯 모리가 "끼이익, 끼끼." 하며 소리를 질렀다.

"올라가, 빨리. 더 빨리."

모리가 꼬리로 도라의 몸을 감싸며 말했다.

"크르르르릉, 크악."

구름표범이 뒤에서 으르렁거렸다. 어느새 나무 위로 뛰어오른 구름표범이 성큼 다가오고 있었다.

"끽끽."

"꽉 잡아."

도라는 더 빨리 나무 꼭대기로 올라가기 위해 서둘렀다.

구름표범의 무게를 지탱하지 못할 나뭇가지를 찾아야만 했다. 나무 중턱에 오를 때쯤이었다.

"크르르르릉, 크악."

구름표범이 입을 쫙 벌렸다. 앞발로 도라의 뒷다리를 내리쳤다. 뾰족한 발톱이 도라의 다친 발을 찔렀다. 날카로운 것으로 찌르는 듯한 통증이었다.

"아악!"

도라는 온몸을 심하게 비틀었다. 하마터면 나무에서 떨어질 뻔했다. 그러는 순간 모리가 도라의 목을 놓쳤다. 기중기 위에서 떨어지지 않기 위해 구조물을 끝까지 놓지 않았던 기억이 떠올랐다. 한 손으로 모리의 팔을 있는 힘껏 잡아끌어 올렸다.

"빨리, 도망쳐!"

모리가 소리를 질렀다. 도라는 나무 위로 더 높이 올라갔다. 뒤를 돌아봤다. 두 눈을 희번덕거리는 구름표범이 입을 쫙 벌렸다. 무서웠다. 바람결에 흔들리는 나뭇가지가 보였

다. 마지막 힘을 다해 올라가려는 순간 팍! 하는 소리가 들

렸다.

"꺄!"

모리의 비명이었다. 곧이어 어디를 다쳤는지 끙끙거리며

앓았다.

"조금만 참아!"

도라는 모리가 떨어질까 한 손으로 모리의 팔을 잡고 나무 꼭대기에 나 있는 가지에 앉았다. 도라와 모리가 구름표범이 가까이 올까 봐 무서워 꿈틀거리며 움직이자 나뭇가지도 흔들거렸다. 앞발로 나뭇가지를 몇 번 치던 구름표범은 계속 하악거리며, 고개를 몇 번 좌우로 흔들었다. 입에서 침이 뚝뚝 떨어졌다.

한참을 나무 중턱에 앉아 있던 구름표범은 다시 나무 아래로 내려가며 뒤를 돌아봤다. 잠시 멈추는가 싶더니 포기했는지 꼬리를 좌우로 흔들면서 천천히 땅으로 내려갔다.

"휴, 이젠 됐다. 나 좀 그만 놔."

도라는 안도의 한숨을 내쉬었다. 몸을 뒤척거리며 목에 매달린 모리의 팔을 풀었다. 어찌나 꽉 잡고 있는지 어렵사리 풀었다. 그러자 모리가 철퍼덕 쓰러졌다. 정신을 잃었는지 흔들어도 일어나지 않았다. 도라는 모리를 안았다. 모리의 등에서 피가 났다. 구름표범의 발톱 자국이 선명했다. 상처가 깊었다.

"일어나! 일어나. 정신 차려!"

도라는 모리의 얼굴을 만지며 큰 소리로 말했다. 모리의 숨소리가 약했다. 세차게 몸을 흔들었다. 맥없이 팔이 풀렸다. 얼굴을 때려도 일어나지 않았다.

"나랑 같이 우리 엄마 찾으러 간다고 했잖아."

도라는 울부짖었다.

'죽으면 어떡하지?'

이대로 모리를 죽게 내버려둘 수는 없었다.

한쪽 팔로 모리를 끌어안고 도망쳐 왔던 길을 기억하려 했다. 나무 사이를 휙휙 건너며 숲속을 하염없이 뛰었다. 붉은 해가 산 너머로 도망가고 있었다.

숲으로

나무 사이를 얼마나 뛰어넘었는지 모르겠다. 길은 거칠고 험했다. 뾰족한 돌과 부러진 나뭇가지에 발바닥이 찍혔다. 상처투성이의 발바닥이 점점 더 아파 왔다. 질퍽한 진흙을 밟고, 이끼가 긴 바위를 오르다가 미끄러지기도 했다. 그럴수록 모리를 꼭 껴안았다. 모리의 몸이 불덩이같이 뜨거웠다.

도로처럼 매끈한 길을 찾아야 했다. 하지만 걸어갈수록 더 높은 언덕을 오르고 있는 것 같았다. 잎이 무성한 나무가 더 빼곡했다. 어느새 날이 밝아 해가 중천이었다. 모리가 콧김을 내뿜으면서 신음했다.

"모리야, 괜찮아?"

도라가 모리의 얼굴을 만지며 물었다.

"나랑 계속 다니다간 너까지 위험해질 수 있어. 그냥 날여기에 두고 가. 너는 엄마를 찾아야 하잖아."

모리가 힘겹게 말했다.

"……."

"너 혼자 가라고. 진심이야. 널 원망하지 않을게."

모리의 말에 도라는 순간 마음이 복잡했다. 머리를 세차게 흔들었다.

"아니야. 난 너의 엄마와 약속했어. 너를 끝까지 지켜 주기로."

도라가 말하는 사이 사각사각 나뭇잎이 부딪히는 소리가났다. 도라와 모리의 피 냄새를 맡고 살쾡이라도 왔을까 잔뜩 긴장했다. 모리의 입을 막으며 잎사귀가 큰 나무 위로

올라가 그 나뭇잎 뒤에 숨었다. 그런데 어디선가 사람들의
목소리가 들렸다.

"여기, 핏자국이 있어요."

초록색 조끼를 입은 여자가 바닥을 가리켰다.

"어! 이건 오랑우탄 발자국인데."

"이 근처에 오랑우탄이 있는 게 분명해."

"상처가 심한 것 같아요."

초록색 조끼를 입은 사람들이 말했다. 사람들 옷이 모두 똑같았다. 조끼 등에 오랑우탄이 웃고 있는 얼굴이 그려져 있었다. 사람들의 손이 모두 크고 단단해 보였다. 도라는 두려웠다. 소리를 지르며 나뭇잎을 마구 흔들었다. 그러자 나뭇잎들이 바닥에 우수수 떨어졌다. 동그란 열매도 아래로 떨어졌다.

"앗! 어! 저기 있어요."

어디선가 들어 본 듯한 목소리였다. 챙이 넓은 모자를 쓴 사람이 머리를 매만졌다. 동그란 열매에 맞은 머리가 아픈지 모자를 벗었다. 긴 머리가 출렁였다. 손이 다른 사람보다 작아 보였다.

"어! 처음 보는 오랑우탄인데. 오랑우탄 보호 구역에 어떻게 온 거지?"

사람들은 도라를 보고 고개를 갸웃거렸다. 그러더니 오

랑우탄과 새끼 긴팔원숭이를 빨리 치료해 줘야 한다며 소란스럽게 떠들었다.

도라는 혼란스러웠다. 지금까지 만났던 사람들은 대부분 나쁜 사람이었다. 사람들이 도라의 평화로운 일상을 모두 빼앗아 갔다. 숲속도 파괴했다. 살 곳까지 잃었다. 그런데 오랑우탄을 보호하는 구역이 있다고? 동물원을 떠나 어렵게 탈출했던 숲이 오랑우탄을 보호하는 구역이라니? 믿기가 어려웠다. 어떻게 해야 할까?

그때, 세찬 바람이 몰아치더니 큰 빗방울이 도라의 머리에 떨어졌다. 짙은 먹구름이 몰려오기 시작했다. 곧 폭우가 내릴 듯했다. 온몸이 불덩어리인 모리의 숨이 점점 옅어지는 듯했다. 심장이 덜컹 내려앉았다. 이곳에 계속 있다가는 모리를 잃을 것 같았다.

우선 모리를 살려야 했다. 도라는 모리를 안고 나무 밑으로 어슬렁어슬렁 내려갔다. 잔뜩 긴장한 채 사람들 쪽을 바라보고 섰다.

긴 머리의 여자아이가 겁 없이 도라의 곁으로 바싹 다가
오려 했다.

"얘야, 조심해. 공격할 수 있단다."

주변에 있던 사람들이 긴 머리를 한 여자아이를 감쌌다.

"저는 괜찮아요."

여자아이는 아랑곳하지 않는 듯했다. 익숙한 따뜻한 목
소리였다.

'혹시, 파티마?'

도라는 확인하기 위해 몸을 좌우로 기웃거렸다. 그러다
사람들 틈에 있던 여자아이와 얼굴이 마주쳤다. 고개를 갸
웃거리는 여자아이는 파티마가 분명했다. 파티마는 아직
도라를 알아보지 못한 듯했다.

도라는 마음속 경계심이 서서히 사라졌다. 모리를 바닥
에 살며시 내려놓았다. 그러자 사람들이 조심스럽게 도라
에게 달려들었다. 큰 수건으로 도라와 모리를 감싸안았다.
도라는 저항하지 않고 사람들에게 몸을 맡겼다. 그들은 철

망 상자에 도라와 모리를 넣었다. 남자 두 명이 기다란 장대에 상자를 매달고 들어 올려 어깨에 짊어졌다. 도라는 철망 상자 안에서 흔들거리는 숲과 하늘을 보았다. 세찬 바람과 함께 장대비가 쏟아져 내리고 있었다.

'파티마가 모리를 치료해 줄 거야. 파티마가 분명해.'

도라는 주문을 외우듯이 속으로 중얼거렸다. 그렇게 믿기로 했다. 긴장이 풀리자 졸음이 마구 쏟아졌다.

"오랑아!"

도라는 화들짝 놀랐다. 너무나도 익숙한 오랑이라는 이름. 파티마가 도라를 불렀던 이름이었다. 가슴이 벅차올랐다. 하지만 모리부터 찾아야 했다. 모리를 찾기 위해 두리번거렸다. 다행히 모리는 바닥에 앉아서 바나나를 먹고 있었다.

"모리!"

모리가 건강한 모습으로 도라에게 뛰어왔다. 긴 팔을 머

리에 올리며 끽끽거렸다. 도라는 한참 동안 모리를 안고 있
었다.

"오랑아! 너 오랑이 맞지?"

긴 머리 여자아이가 보드랍고 작은 손으로 도라의 머리를 만지려 했다. 검은 눈동자가 반짝였다.

"우욱우욱우우우."

도라는 '파티마?'라고 말했다.

"나야, 파티마. 드디어 너를 만나다니."

"투르르르르."

도라는 너무 기뻐 투레질을 했다. 역시 파티마였다. 긴 머리와 반짝이는 눈, 따뜻한 목소리. 벌떡 일어나 파티마의 품에 안겼다. 상큼한 꽃 냄새가 풍겼다.

"내가 알려 준 방법대로 자물쇠를 풀었어? 그런 거지? 아저씨가 네가 트럭에서 달아나서 고생했다고, 난리를 쳤었어. 엄마는 찾았어? 어떻게 오랑우탄 보호 구역까지 들어온 거야?"

파티마가 쉴 틈 없이 질문했다. 궁금한 게 많은 모양이다.

도라는 지금까지 일어났던 일들을 파티마한테 말하고 싶었다. 기중기가 들어서는 순간부터 숲이 망가지기 시작했다. 그 이후 모든 게 망가졌다. 왜! 사람들은 오랑우탄들을 괴롭히냐고. 사람들 세상에 오랑우탄을 잡아가는 이유가 뭐냐고. 그런들 파티마가 이해할 수 있을까? 마음이 답답했다. 할 수 없이 도라는 눈만 연신 끔벅였다.

"오랑아, 걱정하지 마! 앞으로는 이곳에서 지내자. 여기는 다치고 아픈 오랑우탄을 치료해 주는 곳이야. 안전한 곳이지. 너를 보내고 나서 나도 이 단체에서 봉사 활동을 하고 있어. 이곳에 있으면 매일 너를 볼 수 있어."

"우웃우웃우웃."

도라는 고개를 끄덕였지만 어리둥절했다.

파티마는 매일매일 도라를 보러 왔다. 상처를 치료해 주는 사람과 같이 와서 극진히 보살펴 줬다. 도라가 제일 좋아하는 망고 열매는 빼놓지 않고 갖다줬다.

사람들의 손길이 점점 편안해졌다. 아무런 위협도 없이 이렇게 편안한 날이 오다니. 상처가 아무는 시간만큼 마음의 안정도 서서히 찾아오기 시작했다. 하지만 가슴 한편이 텅 빈 것 같았다. 그럴수록 엄마가 사무치게 그리웠다. 엄마가 큰 무화과나무로 오라고 했는데…….

"오랑이, 이제 상처도 다 나았네. 내일부터 밖으로 나가도 된다고 했어. 내일 만나자."

파티마가 도라의 머리를 쓰다듬었다.

"투르르르르, 우웃우웃."

도라는 투레질을 했다. 파티마의 손을 꼭 잡았다. 그런 뒤 파티마의 얼굴을 마음속에 꾹꾹 저장했다. 파티마는 보호실을 빠져나가며 손을 흔들었다. 도라도 파티마가 했던 것처럼 손을 흔들었다. 파티마의 뒷모습이 사라질 때까지 지켜보고 있었다.

"내일은 바깥 구경하러 가는 거네. 신난다."

모리가 엉덩이를 들썩이며 말했다.

"모리야, 난 엄마가 있는 곳으로 돌아가야 해."

"숲으로?"

"응. 무화과나무가 있는 숲으로."

"그곳은 위험해. 숲에서 우리 둘 다 죽을 뻔했잖아."

"숲이 위험하기는 하지만, 엄마가 나를 기다리고 있을 거야. 너는 이곳에서 지내도 돼."

"조그만 기다려 주면 안 돼?"

"너의 엄마가 바라는 건 네가 안전하게 지내는 걸 거야. 너와 함께했던 시간 잊지 않을게."

도라는 모리를 두고 보호실 밖으로 빠져나갔다. 오랑우탄 몇 마리가 주변에서 서성거리며 먹이를 먹고 있었다. 오랜만에 마주친 오랑우탄들이 반가웠다. 하지만 오랑우탄들은 도라를 반기지 않았다. 먹이를 빼앗길까 경계하는 듯 이빨을 드러냈다. 무서웠지만 혹시 엄마가 있을까 잠시 두리번거렸다. 엄마는 없었다.

밝은 햇살이 도라가 가는 길을 환하게 비춰 줬다. 울퉁불퉁한 흙길을 따라 뛰었다. 돌부리에 걸려 넘어지기도 했다. 나무 향기가 코끝을 자극했다. 낯선 언덕을 오르기 시작했다. 그런데 그때 작은 그림자가 지나갔다. 멈칫하고 제자리에 서서 두리번거렸다.

'뭐지?'

나뭇잎 밟는 소리가 들렸다.

"형! 나야. 모리."

모리가 도라의 앞으로 다가섰다.

"어떻게 된 거야. 여기는 위험하다고."

"나도 형이랑 같이 갈 거야. 그곳에선 안심하고 살 수는 있지만, 형이 위험을 무릅쓰고 엄마를 찾아가는 이유를 알 것 같아. 엄마는 가족이잖아."

"……그래! 맞아. 가족이야. 엄마도, 너도."

도라는 모리를 끌어안았다. 가슴이 벅차올랐다.

"얼른 가자. 형, 저기 숲이 보여."

모리가 도라의 등에 매달려 얼굴을 기댔다.

도라는 모리가 있어 두려울 게 없다는 생각이 들었다. 비탈진 길을 수십 번 오르락내리락하며 빠르게 움직였다. 몇 번이나 숨을 크게 몰아쉬었다. 모리를 매단 채 쉬지 않고 앞만 보고 뛰었다. 오랑우탄 보호 구역을 벗어나자 안도의 한숨을 쉬었다.

모리가 말했던 울창한 숲이 보이기 시작했다. 들쑥날쑥한 여러 종류의 나무가 빼곡했다. 엄마와 지냈던 숲과 비슷했다. 짙은 녹색 향기가 코를 자극했다. 도라는 숲의 향기를 더 깊게 맡으려 자꾸 코를 킁킁거렸다.

마지막 힘을 다해 우거진 푸른 숲 중앙으로 들어갔다. 나무 사이를 휙휙 넘어갔다. 그중 둘레가 큰 나무 위로 올라갔다. 안전한 쉼터를 마련하기 위해 더 큰 나무를 찾아야만 했다.

시간이 한참 지난 듯했다. 이른 새벽부터 움직였는데 벌써 숲의 밤이 찾아오기 시작했다.

"잠깐 여기서 쉬었다 움직이자."

오랜 시간 걷고 뛰느라 힘들었다. 잠시 숨을 몰아쉬고 있었다. 나무 꼭대기까지 올라가기에는 힘이 없었다. 나무 중턱에 올라가 잠자리를 마련하려고 나뭇가지와 잎을 땄다. 반대편에서 아주 큰 나무를 발견했다. 다른 나무에 붙어 뿌리를 내린 무화과나무는 오랜 시간 그 자리를 지키고 있었는지 마치 뿌리가 나무 기둥을 감싸고 있는 모습이었다. 나무줄기와 가지도 굵고 단단했으며, 크고 넓은 잎은 사방으로 퍼져 있었다. 나뭇가지에는 열매가 무수히 매달려 있었다. 루디와 무화과 열매를 따 먹으며 놀았던 기억이 떠올랐다.

'루디도 잘 있겠지?'

루디 생각을 하자 저절로 희미한 미소가 번졌다. 모리에게 무화과 열매를 따 숲을 선물해 주고 싶었다. 열매를 따기 위해 반대편 나무로 건너가려 했다. 도라는 눈을 동그랗게 뜨고 멈칫했다. 덩굴이 친친 감긴 나무가 어슴푸레 보였다. 어디서 많이 본 듯한 모습에 기억들이 되살아났다.

'도라야, 어디서 놀다 오더라도 꼭 이 나무로 와야 한다.

엄마는 항상 이곳에 있을 테니깐.'

엄마가 도라한테 했던 말이 떠올랐다. 도라가 살았던 숲은 아니었지만 분명 이건 엄마가 표시해 놓은 무화과나무였다. 주변을 두리번거렸다. 심장이 두근거렸다. 나무 중간에 보송한 나뭇잎이 가지런히 마련된 보금자리가 보였다. 잔뜩 웅크리고 있는 큰 오랑우탄의 뒷모습이 보였다.

"엄마?"

도라는 작은 목소리로 입을 달싹거렸다.

'분명 엄마가 맞을 거야.'

다시 힘껏 엄마를 불러보았다.

"엄마."

오랑우탄이 천천히 몸을 돌렸다. 도라를 보고 벌떡 일어나려 했지만 힘겨워 보였다. 엄마도 사람들한테 끌려가서 몹쓸 짓을 당한 건 아닌지 걱정이 됐다.

"엄마!"

도라는 힘껏 반대편 나무로 뛰었다. 가까이 다가가 엄마

를 힘껏 안았다. 눈물이 왈칵 쏟아졌다. 엄마는 도라의 얼굴을 한참 어루만졌다. 구름에 가렸던 달빛이 환하게 도라와 엄마를 비췄다.

"도라니? 도라 맞지? 어디 보자. 도라야, 그동안 얼마나 고생이 많았니? 못 본 새 부쩍 컸구나!"

"엄마, 보고 싶었어요. 그런데 어디 아프세요?"

도라는 엄마가 어떻게 이곳에 오게 되었는지 묻고 싶었다. 엄마한테 미안하다고 말하고 싶었다. 하지만 엄마의 몸에 군데군데 난 상처가 보였다. 몸이 많이 불편해 보였다.

흘러내리는 눈물을 닦으며 엄마의 몸부터 이리저리 살펴봤다. 손바닥도 발바닥도 상처가 많았다. 팔에 난 상처를 조심스럽게 쓰다듬었다. 그런 뒤 다시 엄마의 품에 안겼다. 그 사이로 모리가 살며시 끼어들었다. 모리는 윗입술을 올리며 활짝 웃었다.

"도라야, 그런데 얘는 누구니?"

"얘요? 긴팔원숭이요."

"아니, 이름이 뭐냐고?"

엄마의 말에 도라는 모리를 보고 한참을 생각했다. 동물
원에서 태어난 모리는 그 세상이 전부라고 생각했었을 것

이다. 하지만 이제 도라 가족과 함께 숲에서의 새로운

삶이 시작될 것이다. 사람들의 손길이 닿지 않는 이곳

에서 말이다. 그렇다면 숲의 세상에 어울리는 새로운

이름을 지어 주면 어떨까 생각했다. 도라가 제일 좋아하는 망고가 좋을 것 같았다. 엄마에게 망고라고 말하려고 입을 달싹거렸다. 그러는 사이 모리가 잽싸게 말했다.

"저는 모리입니다."

"그래. 반갑구나. 그런데…… 모리도 만났는데, 이제 어떻게 해야 할지……."

상처 때문에 몸이 불편한 엄마는 가는 한숨을 쉬었다.

"엄마, 걱정하지 마세요. 이제 저도 컸으니깐, 엄마도, 동생 모리도 잘 돌볼 수 있어요."

도라는 엄마와 모리와 함께 숲에서 지낼 생각에 기쁨으로 마음이 벅차올랐다. 맛있는 망고를 찾는 법, 천적의 위협에서 벗어나는 법을 모리에게 하나씩 알려 줄 것이다.

저 멀리 어슴푸레 새벽이 밝아오고 있었다.

오랑우탄은 나의 친구

인간과 가장 유사한 동물은 무엇일까요? 인간처럼 두 발로 걷고, 아기를 꼭 안고 있어요. 아기는 두 팔과 두 다리로 엄마의 몸에 달라붙어 있죠. 절대 떨어지지 않으려고 해요. 바로 오랑우탄이랍니다.

오랑우탄이란 말은 말레이어로 '숲의 사람'이란 뜻이에요. '숲의 사람'이라고 불렀다는 것은 그만큼 인간과 유사한 점들이 많다는 거겠죠. 오랑우탄의 유전자는 인간의 유전자와 97%가 일치한다고 해요. 오랑우탄은 몸에 상처가 나면 식물의 잎을 씹어서 으깬 뒤 상처에 발라 치료를 하기도 하고요. 가시가 많은 과일을 옮길 때 나뭇잎으로 손을 보호하기도 하고, 큰 나뭇잎으로 우산을 만들기도 해요. 오랑우탄의 새끼는 배가 고프거나 아프면 울기도 하고 어미에게 미소를 짓기도 해요. 사람처럼 감정까지 표현할 수 있어요.

오랑우탄은 인도네시아와 말레이시아의 열대우림에서만 볼 수 있어요. 열대우림은 일 년 내내 덥고 습하며 비가 많이 내려요. 햇빛도 많이 비치기 때문에 다른 지역보다 풀과 나무가 잘 자라 울창한 숲을 이루고 있어요. 아주 키 큰 나무부터 작은 나무까지 다양한 나무로 이루어진 숲이에요.

오랑우탄은 과일, 나무껍질, 잎 등의 먹이를 구하려면 나

무 위에 매달릴 수밖에 없어요. 높은 나무에 매달려 과일을 먹고 낮은 나무로 이동하다가 식물의 잎도 먹어요. 튼튼한 나무가 없으면 가끔 땅에 내려와서 걷기도 해요. 이렇듯 열대우림은 오랑우탄이 서식하기에 알맞은 곳이지요.

그런데 오랑우탄이 점점 사라져 심각한 멸종 위기에 처했어요. 인간이 숲을 파괴하고 있기 때문이에요. 특히 팜유를 생산하는 팜 나무를 심기 위해 다른 나무들을 자르거나 불태우고 있어요. 팜유는 세계 식물성 기름 생산량에서 1위를 차지할 정도로 식품부터 생활용품에 다양하게 사용해요. 우리가 즐겨 먹는 라면, 과자, 빵부터 비누, 세제 등 마트에 진열된 상품 중 거의 절반에 팜유가 들어 있어요.

팜유 때문에 인간들이 숲의 주인인 오랑우탄을 지구상에

서 몰아내고 있어요. 숲의 주인은 우리가 아니에요. 누군가 나의 보금자리를 침범한다면 어떤 기분일까요? 우리 가족과 함께 행복한 일상을 보내고 있는 어느 날, 친구들과 함께 놀이터에서 신나게 놀고 있는 어느 날, 누군가 내 일상을 마음대로 빼앗아 간다면 그보다 슬프고 절망적인 일은 없을 거예요.

이 책의 주인공 오랑우탄 도라는 호기심이 많아요. 가고 싶은 곳, 경험해 보고 싶은 것도 많아요. 친구와 놀고 싶고 더 넓은 숲속 세상이 어떤지 궁금했어요. 하지만 도라는 아직 엄마의 돌봄이 필요한 나이예요. 어린 오랑우탄은 엄마 오랑우탄과 평균 8년 정도는 같이 지내야 하거든요. 숲에서 지내는 방법을 다 배우려면 많은 시간이 필요해요. 천적들의 위협을 벗어나는 법, 나무 열매를 찾고 먹는 방법 등 알아야 할 게 많지요.

그러나 갑작스럽게 인간들이 숲에 침범해 그들의 터전을 무참히 짓밟았어요. 무성했던 나무도 평화로웠던 오랑우탄들의 보금자리도 놀이터도 한순간에 잿더미로 변했어요. 인간들이 오랑우탄들의 행복했던 일상을 송두리째 빼앗아 갔어요.

하지만 도라는 절망하지만은 않았어요. 잃어버린 엄마를 찾을 수 있다는 굳은 믿음을 가지고 있었거든요. 비록 지금은 힘들어도 꼭 이겨낼 수 있다고 생각했어요. 엄마를 찾아가는 과정에 따뜻한 마음을 지닌 소녀 파티마를 만나 위로를 받았고, 의지할 수 있는 긴팔원숭이 모리를 만났어요. 수

많은 역경과 고난을 겪으며 한층 성장했고 자신의 정체성을 찾아가게 되었어요.

이제는 '숲의 사람' 오랑우탄이 고통받는 날이 없기를 바라요. 그러기 위해서는 여러분의 힘이 필요해요. 도라와 모리가 숲에서 여러분을 기다리고 있어요. 여러분이 오랑우탄의 친구가 되어 주세요.

오랑우탄을 아끼고 사랑하는

최부순